CONTROLE

NATALIA BORGES POLESSO

Controle

3ª reimpressão

Copyright © 2019 by Natalia Borges Polesso

Grafia atualizada segundo o Acordo Ortográfico da Língua Portuguesa de 1990, que entrou em vigor no Brasil em 2009.

Capa
Mateus Valadares

Foto de capa
Sem título (1880), de Henri Fantin-Latour (Grenoble, 1836 - Buré, 1904), óleo sobre tela, 50,8 x 61,9 cm. Cortesia de S. Dillon, 1997 — Metropolitan Museum of Arts. Reprodução de Josse/ Bridgeman Images/ Fotoarena.

Preparação
Márcia Copola

Revisão
Marina Nogueira
Valquíria Della Pozza

Os personagens e as situações desta obra são reais apenas no universo da ficção; não se referem a pessoas e fatos concretos, e não emitem opinião sobre eles.

Dados Internacionais de Catalogação na Publicação (CIP)
(Câmara Brasileira do Livro, SP, Brasil)

Polesso, Natalia Borges.
    Controle / Natalia Borges Polesso. — 1ª ed. — São Paulo : Companhia das Letras, 2019.

    ISBN 978-85-359-3224-9

    1. Ficção brasileira I. Título.

19-24866   CDD-B869.3

Índice para catálogo sistemático:
1. Ficção : literatura brasileira B869.3
Maria Alice Ferreira – Bibliotecária – CRB-8/7964

Todos os direitos desta edição reservados à
EDITORA SCHWARCZ S.A.
Rua Bandeira Paulista, 702, cj. 32
04532-002 — São Paulo — SP
Telefone: (11) 3707-3500
www.companhiadasletras.com.br
www.blogdacompanhia.com.br
facebook.com/companhiadasletras
instagram.com/companhiadasletras
twitter.com/cialetras

Sumário

Desordem, 7
Segunda-feira triste, 14
Movimento, 23
Poder, corrupção e mentiras, 37
Substância, 61
Irmandade, 78
Bizarro triângulo, 96
Técnica, 113
Interlúdio, 128
Prepare-se, 132
Singularidade, 140
Prazeres desconhecidos, 157

Desordem

— Aposto que chego antes.

Eu meti o pé e não quis nem saber. A cestinha da bicicleta batia e batia no metal do guidão. Naquela parte da ciclovia, as raízes das árvores criavam uma série de elevações que a gente sempre encarava como um desafio, lembro bem. Desviar das rachaduras do asfalto, com a graminha que crescia plena dentro da pedra e as flores pequenas e amarelas que brotavam no meio daquilo tudo. Dente-de-leão. Parece que vai ser uma coisa dura. Dente-de-leão. Te rasga. Mastiga teu corpo. Mas nem é. Sopra e pede alguma coisa. Tipo um desejo. As coisinhas brancas voam. Não tem como acompanhar. Não tem como agarrar. São desejos jogados no mundo, sem controle. São os dentes. Só se prendem no piche recém-derramado. Deixei o picolé cair. Derreteu. A mão, concentrada em dominar a velocidade, não dominou o palito. A Joana olhou pra trás rindo, foi diminuindo a velocidade até que parou. Parei também, plantando o tênis no chão e arrastando a roda traseira.

— Que foi?

— Tu derrubou nosso picolé!

— Tu apostou que chegava antes!

— Mas era o nosso picolé! Na próxima semana tu paga de novo.

Esquecemos a corrida. Sentávamos à sombra de uma daquelas árvores para nos atualizarmos das histórias do colégio, pra combinar a nova desculpa que nos faria não ir à apresentação do coro, pra falar de quem estava com quem, quem tinha terminado com quem, e do que apresentaríamos na feira de ciências já que fomos proibidas de abrir um sapo. Sentávamos sempre ali na beira da rua que dava pra minha casa, para imaginar nossas vidas em dez, vinte anos. Até aqui, quem sabe. Quando eu vivo ou morro. Quando meu corpo acolhe o desentendimento. Eu não queria. Além de ter dó, eu tinha medo. Mas ela ficou fissurada na ideia de abrir o sapo pra ver o corpo por dentro, abrir o sapo vivo e ver por dentro. Sugeri que falássemos dos efeitos das drogas, do perigo das drogas. Um cartaz na parede da escola, com uma mão estatelada na nossa cara, avisava: NÃO! Assistimos *Christiane F.* na aula e a professora de inglês queria saber se a turma tinha dúvidas sobre sexo e drogas e masturbação. Ela falou masturbação e ninguém teve coragem de perguntar nada. Eu não tive. A Joana riu e me perguntou onde conseguiríamos drogas. Eu falei que a gente podia fazer uma pesquisa só sobre os perigos. Ela me bateu no ombro.

— Qual é a graça?

A graça é que eu vivo.

Mas, naquele tempo, tínhamos doze, treze anos. Não fazíamos a menor ideia de como era o mundo fora do nosso próprio mundo. Não pensávamos em morrer. Não pensávamos na degradação. A professora falou sobre a degradação do corpo, sobre sua usurpação, no filme. Não tenho certeza se naquele momento poderíamos saber.

— Dorme lá em casa?

— Dorme tu lá em casa!

— Pode ser.

Nas nossas noites, inventávamos manifestos, declarávamos nossas vontades e fomes de cidades e trabalhos e carreiras e tantas coisas. Nas nossas noites escassas, no depois, as manifestações eram outras, mínimas. *I've been waiting for a guide to come and take me by the hand* eu pedia a mão da Joana, ao mesmo tempo que não oferecia nada. Mas o espírito da guria aventureira estava ali, mesmo no depois.

— Aposto que termino antes que vocês.

Eu disse pro meu pai e pra minha mãe. E nos separamos no supermercado, peguei o que eu podia pegar com a quantia que me deram. Um pacote de bolachas e um vidro de azeitonas. Voltei para a fila do caixa e não os vi mais. Entrei em pânico. Sempre me passava pela cabeça que em algum momento me abandonariam. E se não estivessem ali? Percorri os corredores com olhos atentos e não os achei. Falei com um atendente e ele me levou pra uma salinha toda de vidro, no andar de cima do supermercado. Não avistei meus pais. Então ele amigavelmente sugeriu que anunciássemos no microfone do supermercado: "Sr. Mariano e sra. Sônia, sua filha Maria Fernanda está na sala da gerência aguardando vocês". Meus pais apareceram logo, meio rindo, meio sem jeito. Eu tinha amado que meu nome tinha sido anunciado num microfone, para todo o supermercado ouvir. Era como se eu fosse gigante e pequena ao mesmo tempo, pensei.

— Nunca vi criança gostar de azeitona — observou o gerente.

— Pois é, nunca vi, ela adora!

O gerente esfregou a mão na minha cabeça e me deu um balão com um cifrão desenhado. Eu sorri. Gostava de tanta coisa. Tanta coisa simples e besta.

— Aposto que beijo antes.

Teve aquela vez que todo mundo se juntou no Alexandre, acho até que era aniversário dele. A foto é ótima. Será que tá na minha gaveta ainda? A gente beijou um menino, contra um imenso de um ipê-amarelo. O mesmo menino. E saímos correndo pra dançar lá dentro, na sala, onde os pais desse menino fingiam não prestar atenção na gente. Não lembro o nome dele. Fábio. Carlos. Juan. Lucas. João. Depois dançamos. Eu tinha inventado uma dança louca, coisa de criança-adolescente. *Take a walk on the wild side* todo mundo imitava. Um pulo, joelhos dobrados, e deixava o peso do meu corpo fazer o movimento. A Joana nas minhas costas e a gente balançava a cabeça de um lado para outro na hora do *doo doo doo doo*, nucas coladas, braços pra cima e depois para baixo, onde nossas mãos, naquela altura, já meio sem graça, embaraçavam e desembaraçavam. E dançamos mais algumas vezes assim, de costas uma para a outra.

— Aposto que todos vão trepar.

O cara disse aquilo tão alto que metade do cinema virou a cabeça ao mesmo tempo. Afundou na poltrona. O Davi meteu a mão na coxa do Alexandre e pediu uma bala. O Alexandre deu um pulo e o Davi pediu que ele se acalmasse.

— Tô calmo.

Meus olhos dançaram para fora da tela e se penduraram no barulho do pacote de pipoca vazio que a Joana apertava. No fim da noite, o Alexandre disse que ia ser pai, disse como se não fosse nada de mais.

— Aposto que subo mais rápido.

E subiu a escada da casa dela correndo. Eu atrás, nem esforço fiz. Porque eu já não podia mais nada. Pernas estranhas que já não dançavam ou corriam, pernas que sustentavam um tronco corcunda, pra dentro de si, como se a fome fosse comer-se a si mesma. Foi logo no começo, eu ficava assustada com tudo, qualquer susto, tremor interno, sismo, qualquer coisa que deixasse o peito mais arisco, eu não podia. Joana puxou o meu blusão azul de lã, que eu amava. Puxou e deixou como uma sacola velha de feira. Depois pediu desculpas. Desculpas não recosturariam meu blusão esbodegado. Desculpas não trariam de volta meu corpo sequestrado para dentro. Naquela noite ela me disse que às vezes, sabe, às vezes fazia umas coisas e que era bom, disse que usava as mãos e que tinha descoberto meio sem querer, e eu disse que fazia também, meio sem saber do que ela falava, e ninguém disse nenhuma palavra além daquelas. Assistimos a um filme e ficamos chocadas. O Davi nos fez jurar que não contaríamos pra ninguém que ele tinha feito e nos emprestado uma cópia pirata de *Kids*. Joana deitada nas minhas pernas.

— Aposto que ele consegue.

Na aula de técnicas agrícolas, fomos visitar uma feira. Nenhum de nós disfarçou o riso quando o Alexandre, atrás do professor, colocou uma cenoura dentro das calças. Naquela mesma manhã nós quatro, Alexandre, Davi, Joana e eu, roubamos uma caixa de morangos e comemos escondidos, atrás do muro da biblioteca. Comemos de boca cheia. Depois ficamos jogando futebol no campinho da escola até tarde, sem nos importarmos com o que nossos pais poderiam pensar. Era uma cidade pequena, parada. Nossa correria criava todo o movimento.

— Aposto que entro primeiro.

Mas a internet não conectava. Recebi as mensagens do Antônio muito tempo depois. Mensagens antigas com inquietações que já estavam resolvidas ou resignadas. É estranho que o tempo das preocupações possa ser desordenado assim. Que elas desçam e se instalem nas curvas do nosso intestino mais que na nossa cabeça. Mas quando estamos separados, cindidos de nós, quando eu não sei dos meus desejos imediatos, como posso entender a urgência do outro?

— Aposto que eu chego antes.

Puxei a Joana pelo cinto e na volta do impulso ela torceu meu braço. Eu girei para o outro lado, e caímos sentadas. Mordi a língua. Nada de mais, era só o início de algo que sempre levávamos até o ponto de uma de nós gritar "misericórdia". Enquanto eu levantava uma das mãos para tirá-la de cima de mim, empurrando bem no meio do peito, a outra viajou rápido demais até o olho de Joana.

— Tu me deu um soco! Não vale!

— Nunca! Foi sem querer.

Não tinha problema, o riso permeava tudo. O olho e o soco. E a Joana tinha uns olhos grandes, pra caber todas as coisas que ela desejava, dizia isso. A boca também era grande, tinha uns lábios projetados pra fora, pra frente, uns lábios cheios de sangue e vontade. Eu ganhei uma escaleta e dei pra Joana, porque eu era muito ruim e não me interessava nada tocar uma escaleta. Eu gostava de violão, mas foi a Joana que aprendeu a tocar as músicas que todos gostavam. E foi a Joana que aprendeu a tocar em coisas que eu não gostava.

— Aposto que tu não vai chegar na hora.

Ela convenceu meus pais que tudo bem eu ir ao piquenique no parque. Foi um dia bonito. E chegamos antes de todo mundo pra aproveitar um pouco do dia e do silêncio que mais tarde seria invadido por notas tortas de um violão desafinado e vozes bêbadas de amigos e amigos de amigos.

— Aposto que tu não termina.

A cerveja estava mesmo quente e não deu pra terminar a garrafa, mas o copo servido, eu bebi por decência e companheirismo. Depois abandonei a garrafa e o Davi na mesa. Abandonei caminhos e deixei que os desejos escapassem. Abandonei meu corpo. Eu precisava pensar em muitas coisas. Precisava e queria ficar sozinha. Minha cabeça era tudo o que existia. Sentei num murinho na frente de um terreno baldio. Não tinha mais muitos terrenos sem prédios no centro, menos ainda sem nada. Sentei e fiquei olhando o movimento dos carros, as pessoas atravessando a cidade, crianças correndo sem medo de se esborrachar. Cabeça vazando, cheia, sempre cheia.

— Aposto que nasce hoje!

Passou as duas mãos na barriga, apertou os lábios e mexeu a cabeça em afirmativa. Tinha sido uma noite bem agitada. Meu pai perguntou se ela estava sentindo alguma coisa. Levantou pra pegar água e depois perguntou se deveria abrir a loja. Minha mãe respondeu que achava melhor dar uns minutos, pra ela ter certeza.

E teve.

Cheguei antes do esperado.

Segunda-feira triste

No dia 18 de maio de 1980, por conta de um desalento entranhado no corpo, no fundo da cabeça, naquele lugar onde ninguém pode ver, Ian Curtis se enforcou na cozinha da casa de sua mulher, Deborah. Não era mais a casa dele. Não era mais o lugar dele. Descolamento do espaço. Li que, antes disso, ele tinha assistido *Stroszek* e ouvido *The Idiot*, do Iggy Pop. No dia seguinte, uma segunda-feira apática, eu nascia, enforcada no cordão umbilical.

Sempre fui uma pessoa inquieta. O médico disse para a minha mãe que eu nasci roxa, sufocada, porque tinha me mexido muito na barriga. Minha mãe disse ao médico que, de fato, a gravidez tinha sido bem movimentada. Meu pai perguntou se eu poderia ficar com alguma sequela. O médico sorriu e pediu que não se preocupassem, depois disse que o fato de eu ter nascido com aquela cor de berinjela pouco tinha a ver com o cordão umbilical quase ter me estrangulado. Os bebês "respiram" pelo cordão, não havia chance de eu ter sufocado. Não sei sobre isso, mas acho que era mais meu desespero para nascer do que qualquer outra coisa. Viver é estranho. Morrer deve ser mais. E essa cisão imposta, esse corte proposto, enforcamento, a cabeça é que manda em tudo, então vamos apartá-la. Ilha. A corda que alcança a boia é uma armadilha e vai te esganar. Todo esse tempo eu querendo as coisas, essa inquietação persiste, mesmo aqui, sem ninguém, nesse lugar estranho. Eu, toda arrebentada. Porque, ao contrário do Ian, eu sempre quis viver.

Espera.

Eu quero contar como cheguei aqui. Como esses cascalhos se enfiaram nos meus joelhos e como eu acho que vou perder um dente.

Preciso dizer que não é por acaso que estou toda estropiada, onde mesmo? Eu nem sei onde estou. Foram necessários, puta merda, vinte anos? Vinte anos? Quero rir de mim mesma, quero rir dessa gente que passa e não oferece ajuda. Eu que fui sempre tão amparada, agora que realmente preciso não vejo ninguém. Não tem problema. Será que o Ian tinha quem o protegesse? Será que um dia perdeu algum dente, caindo no palco ou dando com a boca no microfone? Será que perdeu a noção do corpo? Chegou antes das mãos que o ampparariam.

Finalmente, vejo pessoas ao meu redor. Tô tonta, enjoada. Eu pensei que a bicicleta fosse uma boa saída *city life is flying by the wheels are turning all the while get on board we can't be late our destination cannot wait* é sempre uma boa saída pedalar sem destino, vento na cara. Forcei o quanto pude as coxas, as panturrilhas, a ponta dos pés nos pedais, forcei os quadris e segurei firme o guidão. Precisava oxigenar as ideias. Mas o ar não entrava. Só passava por mim. Tudo apenas passava por mim. Nada me tocava. Era aquele descolamento de novo. Uma vontade de sacudir as pessoas, de bater, de perguntar se não estavam sentindo todas aquelas coisas, toda aquela vontade de viver que não podia ser alcançada, se não sentiam na pele e por dentro.

Eu li, em algum lugar que não lembro, que mais de uma vez as danças do Ian eram puro descontrole. Teve um show em que ele se cortou todo nos cacos de vidro de uma garrafa que ele mesmo tinha quebrado no palco.

O Ian.

E se matou.

Deixou as pessoas que ele amava e que o amavam. E mudou a história do Warsaw, do Joy Division, do New Order. Mudou Manchester e aqui, esse chão quente. Não se matou no palco, mas, sim, num palco. Sempre tem um palco pra gente dar um showzinho. Nós, os anônimos, sempre temos algum palco em algum momento da vida, alguém para falar nosso nome num megafone, ou um nome pra gente falar. Um nome que significa algo importante. Um nome que nos tira da indigência, da miséria amorosa a que submetemos nossos corpos.

— Moça?

Sinto umas mãos nos meus ombros e me dá vontade de dormir por ali mesmo. Quero levantar a cabeça, mas não consigo. Sinto que pessoas se aglomeram. Acho que ouço sirenes. Um longo e agudo uivo em loop. Meus braços doem. Será que consigo me levantar? Se apoio as duas mãos neste asfalto, acho que consigo. Meu joelho tá muito fodido. Dá pra ver daqui, mesmo com os olhos fechados, dá pra sentir que deu uma esmigalhada. Se começo a rir, vão me achar louca, mas tenho uma vontade incontrolável de gargalhar e gritar. Porque agora me dou conta de que entrei na vida, aos tombos mas entrei. Quebrada, entrei. De novo. Aposto que cheguei tarde, mas é tudo meu agora. Meu palco. Esse chão. Áspero nas palmas, na ponta dos meus dedos. Asfalto quente grudado na bochecha. Talvez nem seja eu a me mover, talvez seja a terra embaixo de mim, pulsando em ondas. Podia ser mais quente, mais quente. Eu queria que fosse o inferno. Quero juntar os joelhos agora. E deitar de lado. Quantas vezes numa cama de hospital, nessa posição, eu não morri um pouco. Remédios, calmantes. Mas era diferente. Não há ansiedade alguma dentro de mim. Combinações medicamentosas perfeitas. As ondas nas minhas veias, as ondas na cabeça, meus olhos ondulando, prazeres desconhecidos. Umidade boa para se deixar boiar, à deriva...

— Moça?

Sinto uma pressão na cabeça e a terra gira no meu eixo. Uma consistência estranha na testa. Sinto minha boca se abrir devagar para uma quentura humana e relaxo.

Mas não é tu.

Eu nunca escolhi morrer.

Era pavor da vida tão complexa, tão completa. Eu não consegui entrar na vida. Fiquei de fora olhando os eventos pela janela, num aquário impossível ao lado do mar. Marcando presença e não aparecendo. Marcando presença e desaparecendo. Assisti às coisas todas. Meio boba. Quando deveria ter sido a protagonista, desapareci pra comer pipoca murcha na plateia de um filme tosco, de quinta. Não que eu quisesse, eu não conseguia tomar as rédeas. Se é que essa é a melhor comparação.

Eu sempre quis muito viver.

Foi medo. Foi falta de prática, foi falta de manha. Foi tanta coisa a menos. Será que eu tô sendo imbecil de pensar assim? Eu acho que tô sendo imbecil de qualquer forma, estatelada no asfalto no meio de São Paulo, mas eu me sinto tão extraordinariamente parte, tão extraordinariamente livre. Parte de todas as coisas das quais antes eu me separava. Tu me separava também, Joana. Me guardava protegida. Na tua cama. Nossas noites. Sozinhas eu e tu. Na companhia do inefável.

Parece que continuo em movimento, parece que esse chão me engloba, me carrega, me reveste do mundo. Não importa mais, porque eu não estou mais lá. E se eu morrer agora? Se minha cabeça estiver aberta? Exposta de novo. O mundo se entranhando em mim. Asfalto esmigalhado dentro do meu cérebro. Rachadura e todas as raízes e os dentes. Se for agora a hora? Ou amanhã? Depois? Vou ficar muito puta se for tão rápido! Porque eu sempre vi umas sombras, desde a infância. Essas porras de sombras que me faziam ter medo de tocar nas coisas reais. Essas sombras vivas que me rodeiam, como cápsulas e proteções e impedimentos e nãos e cuidados e vontades desdenhadas. E agora o mundo me invade, me força, o mundo me roça.

Vamos pra Manchester, Joana? *It's not too late*. Nunca é.

— Moça? — Silêncio. — Oi, eu me chamo João Carlos, sou do Samu e estou aqui para te ajudar, está bem?

— Quê?

— Estou aqui para te ajudar. Fique tranquila, o.k.?

— O.k.

— Qual é o seu nome?

— O.k.

— Moça? Está me ouvindo? Qual é o seu nome?

— Maria Fernanda.

— Oi, Maria Fernanda. Eu sou o João Carlos. Você sabe que dia é hoje?

— Segunda?

— Isso. E sabe que dia do mês é? Olhe aqui, pra mim.

— Oito?

— Sete. Dia 7 de abril. Quantos dedos eu tô mostrando? Senti gosto de sangue.

— Maria Fernanda? Quantos dedos eu tô mostrando?

— Dois.

— Desculpe, preciso fazer essas perguntas chatas.

— Entendi.

— Onde está doendo mais? Cabeça? Braços?

— Eu tô consciente, acho.

— Certo, e onde está doendo mais? Cabeça? Braços?

— Minha perna, joelho.

— Certo.

— Quebrei um dente, aqui, acho.

— Tudo bem, vamos ver já. Não se mexa. Esta aqui é a minha colega, Sara. Sara, esta é a Maria Fernanda.

— Olá. Parece que não há nada grave com você. Este colete é uma precaução.

— O.k. Meus dentes estão bem?

Abro a boca num sorriso feroz. É sangue. Sara, me desculpa por esse sangue todo. Me desculpa por te fazer estar aqui pra me socorrer, Sara, eu já não te conheço? Ainda sorrio para Sara, não sei se com todos os meus dentes na boca. Fecho os olhos um pouco e abro novamente para observar o chão. Para conferir se não há dentes meus ali por perto. Mas não. É só o asfalto, Sara. O teu nome é o nome de um retrato sem rosto. Poderia ter dado de frente com um carro. Até com uma carroça, não sei. Com o caminhão de lixo. Poderia ter sido esmagada por um ônibus.

Não. Nada disso.

Me estatelei de bicicleta sozinha. Porque perdi o controle. Perdi o controle *we're like crystal we break easy*.

— Está tudo bem com seus dentes. Você cortou a boca. Depois nós vemos isso. Agora vamos te colocar aqui, está bem?

— O.k. Desculpa.

— Não há nada para desculpar, está bem?

— Tá bem, desculpa.

— Onde você mora?

— Avenida Adriano Dias, trezentos e catorze, Centro, Campo Bom, noventa e três sete zero zero zero.

— O que você veio fazer aqui em São Paulo?

— Amigos e um show. De horrores. Estrelando Marina.

— Ah, é?

— Desculpa, aquele endereço que te dei não é o meu. O meu é outro, mas agora não me ocorre.

— Você tem algum apelido? Te chamam pelo nome todo?

— Não sei.

— Não sabe? Você lembra o que aconteceu?

Agora tá quente e eu sinto o sol queimar a minha cara, o meu pescoço. Eu quero este sol. Eu quero dentro. Quero que me queime os miolos. Cozinhe mais um pouco o meu cérebro, se ele ainda não estiver completamente cozido. Quero que o sol faça evaporar os pensamentos encharcados dessa coisa triste e gosmenta que eu tenho dentro e que vaza, às vezes pros meus cabelos escorridos, oleosos. Quero que ele faça evaporar também das lembranças, essa nata de medo que as envolve.

— Que maravilha é o sol.

Eu sinto as mãos da Sara e do João Carlos investigando meu corpo, meus ossos, minha pele. Estão com caras positivas. Estão com caras bronzeadas de sol. O Antônio tem essa cor. Preciso falar com o Antônio. Não é justo. Eles não sabem que o estrago está num lugar que não se pode palpar para confirmar. Talvez eles saibam. Isso é cicatriz antiga. Antiga e continuamente riscada. Mas eles não sabem.

— Você lembra o que aconteceu?

— Lembro. Eu vinha rápido e caí da bicicleta.

— Caiu sozinha.

— Eu e o asfalto. E as flores.

— Flores?

— Dentes-de-leão.

— O.k. Você tem alguma alergia?

— Não.

— Toma algum medicamento?

Hesito. Minto. Não quero dizer nada de mim. Nada sobre este caminho, nada sobre o que me fez pegar aquela bicicleta e antes de tudo pegar o ônibus, o avião. Não quero contar o que me moveu até São Paulo. Não quero contar a Sara como sou dependente e precavida e medrosa. Quero que pensem que sou mesmo descuidada. Inconsequente. Um acidente desses só pode ser fruto de inconsequência das boas. Quero que tenham essa imagem de mim. Uma louca, uma pessoa que não tem noção do perigo. Alguém que se arrebenta já numa segunda-feira. Essa sou eu de verdade.

— Toma algum medicamento?

— Não.

— Tem alguma doença?

— Não.

— Você comeu hoje?

— Não.

— Bebeu alguma coisa?

— Não.

— Não comeu nada?

— Não.

— Não dormiu?

— Não.

— Comeu ontem?

— Não.

— Sabe quando foi a última vez que comeu ou o que comeu por último?

— Não.

Forço a memória, mas não encontro trilho. Sinto umas faíscas começarem na parte de trás do meu crânio. Espasmo. Mas é apenas susto de mim mesma. Susto de tocar o que sou por dentro.

— Entendi. Eu vou tocar o seu rosto e a parte de trás da sua cabeça, está bem? Depois colocamos isto aqui, o.k.?

— O.k.

— O que é esta cicatriz na sua cabeça?

— Acidente — minto de novo.

— O.k. Sem lesões aparentes.

Sinto uma dor muito forte e vejo o João Carlos pressionando com as duas mãos meu quadril. Solto um gemido fraco, mas alto o suficiente para ele parar. Me colocam com muita destreza na maca da ambulância. Enrolam e desenrolam fios, borrachas, aparelhos, medicação intravenosa, que palavras maravilhosas para acompanhar o som dos metais.

— Pressão arterial e temperatura o.k. Transporte autorizado. Você tem algum contato na cidade? Tem alguém que pode te encontrar no hospital?

Achei tão estranho que eles falassem daquele jeito. Arremedei.

— Tem alguém que pode te encontrar lá?

Arremedei.

Eu não imaginava que o interior de uma ambulância fosse assim tão asséptico. Quanta coisa cabe nesse cubículo. Quanta gente.

— Pode me levar. Eu mereço.

— Maria Fernanda, tem alguém que pode te encontrar lá?

— Se a Eduarda...

— Quem?

— Joana, Joana Ribeiro.

Movimento

Antes da epilepsia, acho que eu era uma criança exemplar. Brincava, era sociável, gostava de desenhar para tios, tias e avós, me exibir com folhas coloridas e dobraduras malfeitas, gostava de dançar, de cantar e, principalmente, de conversar com os adultos. Eu era bem ativa e é provável que todas as minhas cicatrizes tenham sido adquiridas durante a infância. Depois de um tempo, a infância se torna essa grande memória aquosa de onde emergem ou onde afundamos histórias. Lembro de quando peguei catapora (cicatriz na testa e a briga para ir à escola mesmo doente); do braço quebrado ao descer com caixa de papelão o morro gramado do hospital (cicatriz no cotovelo e o título de campeã de rapidez na descida); da goiabeira em que subíamos nos fins de tarde (cicatriz no supercílio e o gosto da goiaba mais doce); da máquina de fazer macarrão da minha avó (cicatriz no dedo e a recomendação de que não mexesse em coisas de adultos); do toco de raiz no meio da nossa corrida (cicatriz no peito do pé direito e um chinelo arrebentado); da bicicleta cromada do meu vizinho Alexandre (cicatriz na canela, braço quebrado e uma cicatriz feia dentro de mim).

Engraçado como se encadeiam os grupos de memórias; se eu pudesse etiquetá-las pra acessar mais tarde, esse grupo seria MOVIMENTO.

Eu devia ter uns treze, catorze anos, não lembro bem. O Alexandre e eu costumávamos fazer corridas de bicicleta no matagal na frente de casa. Não era só um matagal. Tínhamos transformado aquilo numa pista de bicicross. Levou mais de um mês inteiro até terminarmos. Trabalho intenso depois da escola. Um mês de deveres de casa esquecidos ou feitos às pressas, mas ficou espetacular. Enquanto a construíamos, planejávamos todos os saltos possíveis e fazíamos cálculos de velocidade para que as curvas não nos derrubassem. Construímos tudo com barro, galhos, pedras e um pouco de cascalho e tijolos roubados da obra do prédio da esquina. Ninguém ia notar. Perto da pista da cidade, era uma coisa boba, mas, para nós, era legítima aventura. Foi naquela época que nós dois ganhamos walkmans, aqueles amarelos, que eram vendidos nos camelôs. O pai de um dos caras da rua era sacoleiro. Ia direto para o Paraguai e trazia um monte de porcarias que nós amávamos bisbilhotar e sonhávamos em ter nas nossas prateleiras. O homem fazia de tudo para vender as quinquilharias aos nossos pais, inclusive nos deixava levar para casa e "testar". Depois arranjava algum defeito, algum canto gasto, uma ranhurinha e não aceitava as devoluções.

Primeiro o Alexandre apareceu com o walkman e me disse que ainda tinha sobrado um. Quando fui pedir a minha mãe, ela já tinha comprado.

— Eu sabia que tu ia querer um. Te vi de olho no do filho da Juçara, e como teu aniversário já está aí, peguei lá na banca do Rubem.

— O nome dele é Alexandre, mãe.

— De quem?

— Do filho da Juçara. Tu podia chamar ele pelo nome, porque faz tempo que a gente é amigo.

— Tudo igual. Teus amigos da rua.

Minha mãe não fazia o menor esforço pra guardar o nome dos meus amigos. Era sempre o filho de alguém, o moreninho, a gordinha, o cabeça de fósforo. Ela e meu pai sempre tinham referências terríveis.

— Como, da rua?

— Da rua, vocês só ficam aí na rua, no mato. Aliás, não acha que tá na idade de parar de se embarrar no mato com esses guris, Maria Fernanda?

— Adorei, mãe. Obrigada pelo presente.

Dei um beijo nela e sorri. O Davi, nosso amigo que odiava bicicleta mas adorava dar palpite, disse que a pista tinha ficado curta demais e que o final tinha ficado perigoso por causa dos cascalhos na saída para a rua. A gente revidou dizendo que ele não entendia nada de bicicleta nem de pistas e que nós não nos lembrávamos dele em nenhuma corrida de bicicross profissional que tínhamos ido assistir nos últimos anos. Aquilo era justamente para desacelerar. Sacamos os nossos walkmans para encerrar o assunto e para fazer um pouco de vontade nele. Funcionou. Sabíamos que ele odiava não estar a par das coisas que compartilhávamos. O Davi ficou irritado e disse que ia pedir para o tio dele trazer um walkman dos States. Um que fosse importado de verdade.

— Não compro essas porcarias do Paraguai. Estragam deveras rápido. Quero ver quando isso aí mascar uma fita de vocês. Tomara que seja uma que vocês não encontrem fácil.

Nós rimos e trocamos fones, mexendo a cabeça para cima e para baixo, confirmando a qualidade do nosso gosto musical. O Davi deu as costas pra gente e foi falar com o tio, decerto. Quando passamos pelo pátio do apartamento, lá estava ele, apertando as teclas de uma calculadora grande demais. O Alexandre foi logo dizendo:

— Tá fazendo dever de matemática?

— Fica quieto, alguém pode te ouvir dizendo essa asneira.

— O que é isso? — eu perguntei, apertando umas teclas que fizeram um som desmilinguido.

— Pense Bem.

Ficamos uns segundos quietos. Até que o Davi se estourou de rir.

— Não é pra vocês pensarem bem no que é, meu deus! Isso aqui é um Pense Bem, um microcomputador.

— Uma calculadora gigante?

— Deixa eu ver isso aí.

Ficamos os três fuçando no brinquedo até que o Davi disse que na verdade aquilo era do irmão mais novo dele. Então, fingimos perder um pouco o interesse.

— Vou entrar. Meu pai alugou um filme afudê hoje e vamos ver na televisão nova.

— Que filme é?

— *Jurassic Park*.

A gente olhou pela fresta da porta, que o Davi segurou com o maior chinelo que eu já tinha visto na vida. A televisão era mesmo enorme. Tudo era destacadamente exagerado na casa dele. Na minha casa, tínhamos uma tevê normal, com caixa de madeira ainda e um controle remoto de três botões. Às vezes, quando a imagem se desintegrava, a gente dava umas porradas na lateral e tudo se resolvia.

— Tem controle remoto?

— Evidente.

A gente ficou esperando o Davi convidar, mas o pai dele chamou pra jantar e ele entrou sem remorso.

O walkman dos States nunca chegou. E, no mês seguinte, estávamos os três com walkmans amarelos idênticos. Ele deve ter comprado em outro camelô. Ou numa remessa nova na banca do Rubem. O Alexandre disse que deveríamos colar uns adesivos pra que não confundíssemos os aparelhos. O Davi riu e mostrou o dele já etiquetado.

— Minha mãe tem uma etiquetadora eletrônica — disse "eletrônica" pausadamente. — Eu já coloquei minha marca aqui ó, não se preocupem, vocês não terão o problema de porventura acabar com um walkman original.

A etiqueta dizia: DAVI, O BOAVENTURA.

Mesmo assim colamos adesivos: eu, dos Animaniacs; o Alexandre, do Space Ghost.

Eu tinha uma fita dos Pet Shop Boys e uma do New Order, o Alexandre tinha Pantera e Gabriel, o Pensador. O Davi tinha tudo isso e mais um pouco. E seguido pegávamos as fitas dele emprestadas por longos períodos. Quem comprasse lá na banca do Rubem tinha direito a escolher duas fitas, minha mãe disse que teria pegado Madonna, mas só havia "esses outros conjuntos internacionais" que ela não conhecia, então pegou pela capa. Eu não conhecia nenhum dos dois, mas acabei gostando. A fita do New Order, *Movement*, acho que era tão legítima quanto meu walkman, mas não importava. Consegui algumas outras gravações depois. O Davi tinha um aparelho de CD em casa e nós fizemos a nossa própria gravadora de fitas cassete, com cópias das capas dos álbuns desenhadas de lápis colorido e alguma canetinha falhada de contorno. Enchíamos o saco do cara da loja que alugava CDs para que ele comprasse o que queríamos e depois pirateávamos tudo: Guns, Joy Division, Sex Pistols, The Cranberries, The Smiths, Titãs, Nirvana, Red Hot. A Madonna, que minha mãe não encontrou na banca do Rubem, estava quase sempre tocando no walkman do Davi. Mas ele negava até a morte seu gosto pop. Não poderia negar os fatos, porém, quando meses mais tarde o descobrimos sacudindo os ombros ao som de *Emotions*, da Mariah Carey.

— É da minha prima. Eu emprestei o walkman pra ela e ela esqueceu a fita.

— Claro, Davi.

— Eu tô falando! Tá me estranhando?

Não tocamos mais no assunto.

Eu gostava de música, fazia, com a Joana, uma aula de violão por semana, na qual a professora-sem-vontade nos ensinava, todos os dias, a tocar "Cai, cai, balão" — sol sol fá mi sol sol fá mi sol lá sol fá mi ré e depois eu me perdia completamente. A Joana ficava esperando que eu acertasse, mordendo os lábios numa angústia visível. Eu era muito ruim mesmo, ela devia ficar entediada de me ouvir fazendo aqueles cortes brutos, extraordinariamente toscos. Carmem era o nome da professora. Era esquisita. Lembro dela com blusas azuis de mangas bufantes, cabelo estilo Bonnie Tyler e sombras extravagantes nas pálpebras. Essa mesma professora era a regente do coro municipal infantojuvenil e, de um jeito inexplicável, parecia outra pessoa quando nos ensinava a cantar. Disso ela gostava.

Todo sábado de manhã, eu pegava a minha bicicleta, encontrava a Joana na metade do caminho, e íamos até o ginásio municipal para o ensaio. Eu amava as manhãs de sábado, na ida a Joana e eu fofocávamos sobre tudo o que não tinha dado tempo de fofocar durante a semana. Na volta, às vezes dividíamos um ituzinho de flocos. Ituzinho, o tamanho pequeno do maior picolé que a sorveteria vendia. Pedíamos pela piada, depois comíamos nos melando e lambendo os dedos. A gente ria muito. Meia hora de "Papagaio verdadeiro até na cor é brasileiro". Até o agudo ecoar no zinco da cobertura do ginásio nos fazer rir e parar. Depois ensaiávamos outras canções. Engraçado é que nós, a Joana e eu, nunca nos apresentamos com o grupo. A Joana tinha pânico de palco e eu não tinha ritmo nenhum, então, toda vez que a professora mencionava uma apresentação, nós inventávamos mil desculpas, como uma gripe fortíssima, um parente hospitalizado, falta de dinheiro, viagem marcada, pais que não permitiam excursões, religiões que não permitiam cantoria, ou simplesmente não aparecíamos na data combinada. Acho que a professora dava graças que eu não ia.

No dia em que o Alexandre e eu terminamos a pista, ficamos elétricos. E antes de, de fato, fazer a primeira volta, nós conversamos sobre todas as possibilidades que a pista oferecia. O salto, a viradinha do pneu, o cuidado com a derrapagem depois do quebra-molas triplo, caso realmente pulássemos os três montes, a chance de um salto sem as mãos ou cruzando os braços, e a reta final. Desacelerando bonito num cavalo de pau. Eram muitas as ideias na nossa cabeça adolescente. Chamamos nossos amigos e os vizinhos menores para assistir. Todos sentaram perto da goiabeira, o melhor lugar, porque era elevado e permitia uma visão completa da pista. Tudo isso porque a gente capinou muito mato ao redor. A nossa sorte foi a abertura de um lava-carros bem na esquina. Os homens que trabalhavam lá deram uma prévia geral no matão mais forte da quadra. A gente arrancou uns inços, foiçou uns arbustos, e virou muita terra. Pronto. Um mês. Nem acreditávamos.

Combinamos de dar uma volta de apresentação, antes de partirmos para o show de verdade.

O Davi era o rei da oratória e pediu para fazer o cerimonial das apresentações. Ele disse "cerimonial das apresentações" de olhos fechados e depois os abriu como se nos chamasse de ignorantes. Nós assentimos. Pensamos que seria massa alguém fazer a pompa toda.

— Acomodem-se todos que vamos entabular o espetáculo. Depois de abundantes semanas de árdua labuta e planejamento... planejamento inextricável.

Todos se olharam. Ninguém sabia o significado daquela palavra, nem ele mesmo sabia direito, mas curtia usar "um vasto léxico", como dizia. Tinha a mania de ler aleatoriamente uma página do dicionário por dia, e marcava para não esquecer. Dizia que, se aprendesse ao menos uma palavra por página, em pouco tempo teria um vocabulário "diluviano". Talvez por isso, mais tarde, tenha ido fazer jornalismo, acho, para poder usar todas as palavras que aprendeu.

E continuou seu discurso. Os menores começaram a se dispersar e já olhavam para o outro lado da rua, onde uns cachorros se juntavam para comer dos sacos de lixo. Um dos meninos já pressentia uma chinelada da mãe. Não podíamos deixar o lixo ali na frente do prédio. Era pra levar até a esquina, perto do valão. Deixar ali era praticamente pedir que cachorros, gatos e outros bichos arrebentassem o saco e espalhassem a sujeira na calçada. Alguém seria punido. Um deles levantou e começou a caminhar em direção ao lixo, reclamando dos cachorros, mas o Davi interrompeu:

— Calem a boca, pré-púberes, e prestem atenção. Estamos finalmente inaugurando a Pista da Goiabeira Anciã. E, sem delongas, apresento agora nossos estimados primeiros pedalantes. De bermuda jeans verde e camiseta branca, temos Nanda-Pernas-de-Rã! — Todos riram e aplaudiram. — E, de bermudão xadrez e camiseta do Pantera *Vulgar Display of Power* — mandou ver no sotaque americano do cursinho —, Alexandre-o-Tocha!

Todos berraram como uma torcida deveria berrar. E se dividiram a gritar nossos nomes. Ouvia uma maçaroca de "nocha alexã" e risadas fininhas.

— Primeiro as damas.

O Alexandre disse isso querendo ser gentil, mas me irritou um pouco, porque, durante a construção da pista, eu não tinha sido dama, eu tinha sido peão. Nós dois carregamos terra, roubamos os tijolos. Eu trouxe quatro de uma vez só no último assalto. Rasguei minha camiseta favorita e joguei debaixo da cama pra minha mãe nunca descobrir. Peguei a bike, irritada.

— Aposto que faço melhor — ele falou baixinho.

Segui pela pista com alguma coisa entre meus dentes, talvez um *vai tomar no cu*. Coloquei os fones e fiz minha volta de apresentação, apenas passando lentamente pelos obstáculos e reparando a precisão com que tínhamos aplanado o terreno. Uma ripa de madeira e nós muitas vezes passando por cima da terra. Depois, entreguei a bicicleta para o Alexandre e ele fez a mesma coisa, uma volta lenta e escrupulosa. Eu tinha uma bicicleta, mas não era nem cromada nem de cross. Era uma Monark Brisa com cestinha e flores que eu achava ridícula mas que servia ao propósito de bicicleta de menina. Então, para nossa pista de barro, dividíamos a bicicleta dele, uma BMX com solda reforçada entre o guidão e o quadro, e um pedal assassino que em minutos retalharia a minha canela.

Quando o Alexandre terminou a volta de apresentação, o filho da mãe seguiu direto e já começou a fazer a volta de manobras. O *vai tomar no cu* que eu tinha guardado para ele entre dentes desceu arranhando a minha garganta.

No salto do primeiro monte, ele inclinou tanto a bicicleta que ficou quase deitado, paralelo ao chão. Foi perfeito. No segundo, tirou as mãos do guidão, tomou velocidade na curva semivertical que tentamos fazer, quase num *wallride*, só não foi um porque falhamos no quesito altura, mas fazer o quê?, não tínhamos de onde tirar mais terra. Não éramos gênios da engenharia, éramos adolescentes magrelas. Saltou o quebra-molas triplo direto. No último montinho se preparou para a manobra final, mas o pé prendeu no pedal assassino e ele não conseguiu finalizar. Apenas deu um cavalinho de pau murcho e me passou a bicicleta em meio a gritos e aplausos dos menores. Tinha sido uma volta quase perfeita. Quase. Eu tinha uma chance. De repente toda a amizade que botamos na construção da pista tinha sido soterrada por competitividade. E eu nem sei se o Alexandre sentia a mesma coisa. Só sei que minha cabeça formigava e que eu precisava fazer a melhor volta.

Silêncio. Coloquei um pé no pedal e deixei o outro no chão, enquanto analisava a pista, refazendo na memória a volta do Alexandre. Prendi bem o walkman no passador do cinto, enfiei os fones. Guitarras e bateria. Comecei a mexer a cabeça para cima e para baixo até que *a simple movement or rhyme could be the smallest of signs we'll never know what they are or care in its escapable view there's no escape so few in fear* pedalei. No primeiro monte, eu dei um salto perfeito, tão inclinado quanto o do Alexandre. No segundo, mais um. Nossas dúvidas eram sempre estas: o tempo entre um monte e outro, e que manobras poderíamos fazer. Tomei velocidade na curva semivertical e saltei o quebra-molas triplo, tirando os pés dos pedais e erguendo para o lado; a pista escorria por baixo das rodas. Os vizinhos menores estavam todos em pé, boquiabertos. Alguns pisavam seus bonés, sem perceber, de tão incrédulos. Davi tinha interrompido a narração para gritar um *puta que pariu*. Encarei o último montinho, me preparei para a última manobra. Perfeita. *No looking back now we're pushing through* inclinei para a esquerda. Pedalei em direção ao cascalho com a boca rasgada num sorriso. O Alexandre também comemorava a minha volta perfeita. Aquilo me incomodou um pouco. Vi a Joana acenar do montinho de cascalho. Eu vinha rápido demais. No meio do cavalinho de pau, o pneu virou um pouco mais do que devia e o guidão girou numa pedra solta. *We'll change these feelings we'll taste and see.* Voei por cima da bicicleta, arrastando a canela no pedal, e caí meio de cara, meio em cima do braço, vi a bicicleta vindo por cima de mim, o quadro cromado bem na minha cabeça, que quicou mais uma vez nas pedras, vi o walkman arrebentar entre meus dedos, eu ralando a cara no chão, e tudo ficou escuro. Falas nebulosas e pedacinhos amarelos por todos os lados. Escuro. A fita enrolando e "Truth", numa voz bêbada e distante. *Oh it's a strange day in such a lonely way* maçaroca *and the people around me* maçaroca ainda *and the noise that surrounds me… such a strange day* morrente lentamente. Escuro. Os fones no chão e meus ouvidos desprotegidos das risadas. Escuro. Abri os olhos e ergui a cabeça e todos estavam dobrados sobre suas barrigas. O som demorou a voltar e, quando veio, foi o som de mil risadas fininhas e grossas de vozes se preenchendo de hormônios. Minha volta tinha sido perfeita, mas completamente invalidada por aquele tombo ridículo. O Davi batia nas costas do Alexandre, entre rindo e tentando falar alguma coisa, e a Joana, que tinha recém-chegado, fazia menção de se erguer. Fui mais rápida.

— Tomar no cu!

Ela paralisou. Levantei e fui pra casa. Deixei a bicicleta toda dobrada no meio da rua e a Joana sem entender se tinha sido pra ela ou pra eles que eu tinha gritado. Fiquei ouvindo as risadas ao longe e a voz da Joana me chamando. Enrosquei as pernas nos fones, os fones nas pernas. Arranquei fora. Joguei na rua. Não olhei para trás. Cheguei em casa e escondi o walkman ou o que tinha sobrado dele. Anotei no meu diário: "Melhor volta — A = fdp". Minha mãe saía do banheiro colocando os brincos.

— Por que tu não está pronta ainda? Me encheu o saco pra ir nesse troço e agora tá aí, parecendo uma rueira. Toda suja.

— Tava andando de bici, mãe.

— E o que é isso? Tu te machucou? O que é isso na tua testa? É sangue, minha filha? Olha essa canela, Maria Fernanda! Tá ensanguentada!

— Não é nada, mãe. Bati numa árvore. Vou tomar banho.

— Numa árvore? Bateu numa árvore? Parece que a árvore é que bateu em ti, hein?

Eu tinha esquecido. A professora do coro tinha distribuído ingressos para um concerto da Ospa. Eu nunca tinha visto uma orquestra e queria muito ver. Tomei banho meio zonza e limpei bem a cabeça e o braço, que doía pra caramba. Limpei a canela também. Tinha um corte meio feio. Abri o espelho, nada. Abri o armarinho, atrás do inseticida achei o mertiolate. Passei o troço ardido no machucado e mordi a toalha para não berrar nem criar caso com a minha mãe. Fiquei um tempo olhando pra parede, pensei que fosse vomitar. Deitei no tapetinho do banheiro e fechei os olhos. O chuveiro ainda estava ligado. Levantei. Desliguei. Camiseta, short, cabelo penteado e gritei que estava pronta. Minha mãe me olhou como se eu não tivesse jeito mesmo.

— Nem um brinco, filha? Um anelzinho? Aquele que a vó te deu? A correntinha, quem sabe?

Voltei para o quarto e coloquei a correntinha, que eu amava. Era meio que um amuleto. Peguei o anel com a primeira letra do meu nome em brilhante. Forcei para o dedo entrar. Ficou muito apertado. Tentei tirar, mas não saiu. Meus dedos estavam esverdeados, não dei bola. Pensei em pôr meu boné novo. Enfiei de leve na cabeça, minha testa doeu um pouco. Eu tinha trocado uma fita do Double You pelo boné. Não me arrependi, era um boné do Charlotte Hornets, num azul limpíssimo, lindo, mas não deu pra usar naquela hora. Joguei o boné em cima da cama. Não sei o que me deu, simplesmente ignorei a dor e fui ao concerto meio que por inércia.

O concerto era ao ar livre e a noite estava muito limpa e fresca. Primeiro movimento. *Allegro ma non tropo*. Eu já sentia que alguma coisa aconteceria. *Molto vivace*. Meu estômago. Na metade do segundo movimento, vomitei ao lado da cadeira. Minha mãe arregalou os olhos e eu fiquei com muita vergonha. A senhora que estava do meu lado demorou um pouco para entender o que acontecia, mas, quando se deu conta, levantou assustada.

— Senhora? Acho que sua filha não está bem.

— Mãe, não tô me sentindo bem.

Minha mãe levantou a minha franja para ver se eu tinha febre e descobriu um calombo roxo-esverdeado na minha testa.

— O que é isso?

— Eu caí de bicicleta. Meu braço tá doendo.

Vomitei de novo, nos sapatos da minha mãe. Ela olhou meu braço inchado e os dedos esverdeados e, sem muitas perguntas nem explicações, fomos dali para o hospital.

Raio X e consulta depois, ali estava eu com um braço e dois dedos quebrados, a canela lanhada, uma possível concussão cerebral e um anel porcaria também quebrado. Não me lembrava de metade das coisas que tinham acontecido. Lembrava da bicicleta, de ter erguido a bicicleta, de ter recolhido os restos do walkman e de ter mandado a galera tomar no cu. Depois, me lembrava do banho, e da minha preocupação em ir ao concerto, e de esconder da minha mãe o tombo e o walkman.

— Não a deixe dormir hoje. Ela precisa ficar em observação. Pode passar a noite no hospital, se preferir, mas não acho necessário.

— Obrigada, doutora.

— O anti-inflamatório e o analgésico podem ser de seis em seis horas. — Olhou para mim. — Te cuida, menina!

Eu agradeci com a cabeça e com os olhos chorosos encarei minha mãe, me sentindo culpada. Sabia que ela me xingaria e me proibiria de andar na pista nova. O pior viria quando ela descobrisse que o walkman tinha se espatifado.

Não dormi, mas não foi porque precisava ficar acordada, foi porque não conseguia. Cheguei em casa e a minha cabeça doía. Eu tinha tomado remédio pra dor, na veia. Estava grogue. Entrei no banheiro para lavar o rosto, suando. Voltei pra cama e deitei. Senti um zumbido estranho nos ouvidos. As cortinas do meu quarto perdiam a forma e, conforme eu ia fechando os olhos, elas se tornavam os vultos da médica e da minha mãe. Por algum tempo, achei que estivesse de volta no hospital. Me deu um pouco de medo, parecia que estava perdendo o controle das coisas. Pensamento qualquer sobre o gesso do meu braço atravessava minha cabeça e meus olhos atravessavam-no junto, chegando na minha pele, nas coisas de que era feita, na secura, no mofo. A música mastigada na fita *it's a strange day and the people around me* o mofo e uma colônia de bactérias, eu era oitenta por cento bactérias, ouvi a voz da professora na aula de ciências, eu era o chão, ânsia de vômito, estava feliz com todas as coisas animadas e inanimadas da face da Terra, que era mesmo um planeta fascinante girando num vasto nada cheio de outros planetas, estrelas e sujeira, no fim éramos todos e tudo *the noise that surrounds* o vômito de Deus, girando em direção a um ralo existencial, buraco negro ao contrário, éramos um grande nada girando no tudo, o movimento incessante de cada célula reproduzido ad infinitum por todas as galáxias, o mesmo movimento que ia e vinha do meu estômago pulsando energia cósmica, *such a strange day* uma descarga de mundo na minha cabeça. Trinquei os dentes, meus olhos rolando para trás das órbitas do meu planeta pessoal, os braços contraídos *oh it's a strange day* e eu era apenas movimento.

Poder, corrupção e mentiras

Não entendo. Aos poucos abro os olhos. Luz, não há muita. Não entendo. Vejo e ouço tudo. Parece tudo ao mesmo tempo. Lentamente. Mas estou no fundo de mim. Longe. Deito no fundo de mim. Um leito macio. Fluo. Sinto as mãos da minha mãe ao redor da minha cabeça e vejo meu pai segurando minhas pernas. Animais nervosos ainda. *Burn my skin in the heat of the night who felt those cold hands touch my skin deep within burn my soul... Ultraviolence.*

Me desculpa.

Sinto meu corpo queimar não sei se de frio ou de calor. Olho a parede. Eles olham estáticos para mim, estranha criatura. Eu me sinto pequena, minúscula na verdade, deitada numa cama muito grande e molenga, que me engole aos poucos. Longe há duas cabeças que me respiram. Sou mínima e não alcanço a realidade. É enorme. Me esmaga. É tudo vasto demais.

Meu pai e minha mãe, um vácuo e muitas luzes passando. Tempo estranho, e luz não há mais muita. Agora parecia o chão. Sentia o chão tremer por baixo de mim. *Burn my skin in the heat* a música não saía da minha cabeça. A terra sacode ainda, sinto os sismos, as cismas todas dentro e ao redor. Fluo. Na madeira macia do chão que estala. Lá está meu corpo deitado. Meus dedos formigas caminham pelo que entendo ser o estofado do carro. Lá está meu corpo. Eu no fundo, indo encontrá-lo, tentando emergir.

Eu me sentia exausta. Abri os olhos novamente. Estávamos no hospital? Vozes.

— Convulsão? — Meu pai abria os braços e questionava a médica.

— Pode ter sido por causa da batida, mas, pelo relato, creio ter sido uma crise epilética.

— Ela não tem epilepsia! — minha mãe disse, enquanto passava a mão na minha testa.

— Há várias causas para a epilepsia. As pessoas passam a ter crises de um momento para outro. Pode ter sido da batida. Pode sempre ter estado lá, escondida. Podemos investigar o que é mesmo, mas a causa é sempre uma incógnita.

— Lá onde? Do que a senhora está falando? — Meu pai estava irritado.

— Desculpe, seu Mariano, pode acontecer. As crises são um sintoma da hiperexcitação das células cerebrais e…

— E o quê? Ela não tem epilepsia, já disse.

— Mãe — chamei do fundo de mim —, tô cansada.

— E aí? — insistiu meu pai.

— Vamos esperar e ver se mais crises ocorrem. Não se pode diagnosticar tão rapidamente.

— Não? E fazemos o quê? O que a gente faz enquanto espera mais crises, hein, doutora?

— Não há o que fazer, seu Mariano. Não no momento. A não ser…

— Mãe? Tô cansada. — Eu ouvia tudo meio sem entender direito.

Minha mãe olhou para mim e depois para a médica.

— Vamos fazer mais alguns exames e depois vocês podem ir pra casa.

Saímos do hospital pela manhã, entramos no carro mudos. Meu pai ligou o rádio *feel your heartbeat lose the rhythm he can't touch the world we live in life is short but love is strong*. Life is short, eu pensei, a vida é mesmo curta, e pensei que era muito fácil entender aquela letra, que era muito fácil entender outra língua, mais fácil que entender a minha própria fala, os meus pensamentos. Sentia a língua grossa, grande, pesada dentro da boca. Inútil até. Não articulava meu pensamento. Minha boca imensamente vazia. Só a língua lá, derrotada.

— Que sede. — Minha voz saiu embolada.

Na semana que se seguiu, fui tratada como rainha. Meus amigos passavam lá em casa, e minha mãe, que sempre reclamava do entra e sai de gente, não disse nada. Todos já sabiam que eu tinha feito o percurso mais perfeito da pista de bici e que no final tinha caído de cara no chão e me quebrado toda. A fofoca que rondava a vizinhança era que eu tinha vomitado no meio do concerto, interrompendo a orquestra, acabando com a apresentação. Alguns disseram que eu não poderia mais comparecer a nenhum espetáculo na cidade. Minha fama tinha crescido para todos os lados.

— Você foi de ambulância pro hospital?

— Não. A minha mãe me levou.

— Por que você começou a vomitar nas pessoas?

— Quê? Não! Quem disse isso, Davi?

— Todo mundo tá dizendo que você vomitou numa senhora que estava assistindo e que depois saiu vomitando por tudo, nas crianças, nas pessoas, nos cachorros. Ainda bem que era ao ar livre! Imagina se fosse num teatro! Que vexação!

— Mas eu não vomitei nas pessoas. Eu vomitei no chão. Uma vez. Tá, duas vezes, mas não foi nas pessoas. Acho que, no máximo, vomitei um pouco nos sapatos da minha mãe.

— Aham. Está bem, vamos ficar com a tua versão até a apuração dos fatos.

— Que apuração dos fatos, Davi?

— Never mind. — Encerrou o assunto com seu sotaque especialmente irritante.

— E quando tu volta para a escola, Rã? — o Alexandre perguntou.

— Logo, eu acho. E não me chama assim.

— Mas o que te aconteceu, Nanda? — Joana interrompeu a falação dos guris, passando o braço pela minha cintura e me puxando para longe deles.

Andamos até a cozinha. Abri a geladeira e fechei novamente.

— Tive uma convulsão por causa dessa batida — respondi pra Joana, apontando com o braço engessado para a cabeça.

— Convulsão? Nossa! Foi sério isso aí, hein?

Joana abriu a geladeira de novo e me serviu um copo de suco. Me levou pelo braço até a mesa e fez sinal para que eu sentasse. Eu sentei, tomei o suco e confirmei a seriedade de tudo.

Para todo mundo que perguntava, eu confirmava, com olhos dissimulados, mostrava a canela lascada, e depois pedia favores:

— Pode copiar a matéria pra mim por enquanto?

— Claro.

— Pode me trazer água?

— Sim.

— Eu adoro aquelas balas da cantina!

— Amanhã eu trago pra você. Posso ir na tua casa depois?

— Mãe, faz purê de batatas?

— Com ou sem queijo?

— Sem. Com.

Então eu colocava meus fones, e pronto *we all feel the same all pleasure nothing to gain.* Ganhei um walkman novinho. Talvez nem fosse falsificado. Sei que nem precisei pedir. Sei que os destroços do outro tinham até sumido já. Recebi visitas de parentes distantes dos quais eu não lembrava muito, e até meu padrinho, que morava em outra cidade, enviou uns jogos pelo correio. A gente acostuma rápido com mordomia, com coisas acontecendo pra ti e por ti sem que haja preocupação alguma, a gente acostuma rapidinho com a possibilidade de exercer certo poder sobre as pessoas.

Meus pais me mandaram para a escola de novo, porque eu não tinha nada de nada, além de um braço quebrado e uma perna toda arranhada que nem doía mais. Aí eu tive que testar meu poder com os outros.

Fui andando, como sempre ia, não era longe. Nada era longe naquela cidade minúscula. Segui até a esquina, tomei a rua da ciclovia. Pensei que poderia ter pegado minha bicicleta, mas o pai e a mãe teriam achado a ideia ruim. Subi pela rua da rodoviária. Os bêbados habituais já se instalavam nas banquetas vermelhas da lancheria. Eu tinha nojo de encostar nelas, estavam sempre sebosas. Peguei o avenidão, uma reta de uns cinco minutos, até entrar na rua da escola. Não tinha ninguém na rua. Olhei para trás. Ninguém. E se algo me acontece. Senti um choque no peito. Meu coração acelerou. Vontade de sair correndo, de sumir dali, me teletransportar direto pra cama. Parei ao lado do murinho que separava a Corsan do pátio do Jornal, coloquei as duas mãos nos joelhos e respirei raso. Sentei. Cabeça formigando e um medo de morrer ali, do nada. Cair dura. Sem testemunhas.

— Maria Fernanda! Caralho! — um grito dentro do zumbido que me rondava. — Nanda! — Era o Davi. — Eu tava me esgoelando desde a rodoviária. Tô com a faringe toda lacerada, decerto.

— Oi. — Abracei o guri como se fosse uma boia. Mas não disse nada.

— Tá tudo bem?

— Tá. Parei pra amarrar o tênis e contemplar a vida, depois de um acidente a gente dá mais valor à vida, sabia?

— Que acidente?

— O da pista.

— Ah, mas tu tá bem alvissareira!

— Davi, podemos chegar pro segundo período. Eu queria, não sei.

— Cabular?

— É. Depois eu digo que tu me acompanhou e que eu tava manca. Sei lá.

— Subterfúgios.

— Pode ser.

Não era nada difícil.

— Posso sentar na frente, sora? Perto da porta?

— Claro, Maria Fernanda, acho melhor tu colocar a perna para cima, não?

— Não precisa.

— O.k., qualquer coisa, tu fala.

— Sora, tá difícil pra copiar, posso só ouvir?

— Está bem. Mas tem que prestar bastante atenção, Maria Fernanda, não quero ninguém de recuperação, muito menos a senhorita.

Naquele dia específico estava ruim para ouvir porque, além do fone escondido debaixo do cabelo, num ouvido só, o jardineiro do colégio cortava a beirada da grama do campinho de futebol, ao lado da janela da sala. O cortador parecia estar sofrendo muito para realizar a tarefa. Aquilo começou a crescer na minha cabeça e de repente o cortador estava dentro dos meus olhos, fazendo o barulho rebombar no meu crânio, aparando os cantinhos da minha visão ou alguma aresta de coisa em mim, uma grama crescida demais, pensamentos espalhados demais, quem sabe? Algo que eu nem sabia que tinha. O jardineiro vinha nuca acima e meu cabelo caía pelos lados da cabeça. O jardineiro pendurado na minha orelha, a máquina por um fio, zunindo e zunindo cada vez mais.

Desculpa. Me desculpa.

Sujeira de lápis apontado, poeira de giz, chão da sala, meus colegas saindo com a ordem da professora de matemática, os tênis brancos desenhados e hesitantes da Joana a voltar para o meu campo de visão, a professora de história segurando minha cabeça, um gosto estranho na boca. No canto da sala, embaixo do armário, a caixa com as tachinhas que escondemos para aprontar qualquer bobagem em algum momento de tédio. Eu estava exausta. Olhei meus dedos amontoados, as unhas fincadas na palma da mão. Me encolhi. Na porta, alguns ainda espiavam, eu tinha certeza de que ouvia todos os cochichos, as mãos sobre a boca e alguma orelha a receber a informação de que a guria da 801 teve um troço, outros já tinham desaparecido escada abaixo para aproveitar o recreio improvisado.

— Ninguém vai pegar recuperação.

— Tudo bem, Maria Fernanda, tudo bem. Ninguém vai pegar recuperação.

— Desculpa. Me desculpa.

Eu nem sabia pelo que me desculpava. Só sei que, quando me dava conta, estava daquele jeito, vendo o mundo na horizontal, pedindo perdão por estar ali. Perdão por não ter prestado atenção, perdão por ter acabado com a aula. Meus colegas me olhavam esquisito, meio sem saber o que pensar. Também estavam assustados, acho.

Tive que voltar ao hospital. Meus pais esperavam qualquer coisa do médico especialista para o qual fui encaminhada, mas ele não podia afirmar nada. Voltamos outras vezes ainda, e então o diagnóstico: epilepsia.

Desculpa. Me desculpa.

Depois da epilepsia, tive que voltar ao hospital muitas vezes. Dois anos de hospitais, neurologistas, eletroencefalogramas, comprimidos, eletrodos, desculpas, quedas e uma massa que grudava no meu cabelo. Dentro das horas, eu assistia um peso se depositando na minha língua. Em determinados dias, esse peso era tamanho que eu simplesmente não conseguia articular palavras, então ficava em silêncio. Cada vez mais, eu pensava em estratégias para a recusa.

Passei a ser chamada de "mina do tremelico".

Eu não era mais criança, mas em casa era como se ainda fosse, primeiro porque meus pais me tratavam com cuidado excessivo e, segundo, porque eu sabia fazer a minha chantagem também.

Ganhei um discman de aniversário. Não era amarelo, mas

era bom. Um Aiwa, cheio de botões que não serviam para nada mas impressionavam. E ganhei CDs. Tantos quantos eu quis. Vi meus amigos se afastarem um pouco. Ou fui eu. Vi as coisas acontecerem na minha vida sem poder de fato tocá-las, apareciam longe e bem borradas.

Dois anos. Dois anos de muito sono.

Nesse tempo comprei fones grandes, eles me protegiam das coisas. Menstruei. Fiquei com a calcinha suja um dia inteiro até me dar conta de que aquela mancha meio marrom era sangue. Falei pra minha mãe, que ligou e contou pra minha avó e pras minhas tias.

— Veio a menstruação da Maria Fernanda.

— Não tinha vindo ainda?

— Não. Lembra que eu disse que tava até preocupada?

— Deixa eu dar os parabéns pra ela.

Eu não quis falar com ninguém. Era só um pouco de sangue. Pendurei uns pôsteres na parede do meu quarto e parece que apenas isso aconteceu nesse tempo todo. Lembro de tomar comprimidos e comprimidos, muitos tipos. Lembro de pôr os fones e ler muitas revistas *do you believe in youth the history of all truth a heart that's left at home* dois anos de superproteção e um medo constante de morrer, combinado com remédios horríveis que me deixavam parecendo uma imbecil. Eu engolia tudo. Dois anos em que me senti um fardo. Peso morto-vivo ou vivo-morto. Eu tinha me tornado uma pessoa apática e agressiva. Ninguém gosta de lidar com problemas e, como eu parecia ser um, optava sempre pelo revide. Aliás, eu parecia ter sido reduzida a um problema e só. Minha família estava desgastada. A cara da minha mãe tinha sido puxada para baixo. Ela sorria pouco e condescendentemente, tinha emagrecido um bom tanto. Meu pai andava reclamando de tudo, das dívidas, do preço do tratamento, da loja que estava falindo, dos agiotas. Eu ouvia tudo aquilo, mas parecia estar em outro lugar, assistindo à vida. Assistindo aos meus pais arruinarem o casamento deles. Mas eu não conseguia fazer nada. Eu engolia os comprimidos.

Até que outro médico, no meio de muitas palavras novas, tão novas que poderiam formar uma nova língua, finalmente nos disse alguma coisa útil.

Distúrbio cerebral. Condição neurológica. Alteração na consciência. Crise tônico-clônica. Crise de ausência. Excesso de atividade cerebral. Tempestade de ideias. Descontrole. Implosão. Uma coisa que vem de dentro. A maior parte das palavras escorria para fora dos meus ouvidos, mas algo ficava cada vez mais claro: aquilo era uma condição.

— E como você se sente, Maria Fernanda?

Eu nem soube responder. Fiquei tanto tempo calada. Nunca tinha me dado conta de que poderia falar sobre aquilo, sobre aquelas coisas que eu sentia. Como eu estava? Como eu estava? Como eu estava? Os fones faziam o mundo sumir, em geral eu não precisava responder nada a ninguém. Ele me olhava e esperava uma resposta.

— Eu… não sei direito, direito assim, me sinto — suspirei —, não sei, bem, eu acho. Mais ou menos.

Ele tinha uma cara honesta. Ouviu minha resposta com muita atenção e virou a cabeça de um lado para outro enquanto me falava "não se preocupe, não se preocupe". Era contraditória a sensação. Como eu não iria me preocupar? No fim, o médico me entregou um folheto.

Cheguei em casa e colei o folheto na parede do meu quarto, ao lado do pôster da Alanis e um pouquinho abaixo da capa do *Low-Life*. Assim parecia que o cara estava sempre lendo aquilo. Colei porque precisava me lembrar de que não era culpa minha e de que eu teria que viver com aquilo por tempo indeterminado, como o médico disse, fazendo aspas com os dedos em "indeterminado". Não viver bem. Viver de bem. Era uma escolha. A epilepsia tinha vindo do nada. Os médicos não sabiam me dizer nem como nem por quê, mas sabiam muito bem me dizer o que eu deveria fazer para estar segura. Então eu colei o folheto na parede:

1. A EPILEPSIA NÃO É UMA DOENÇA MÁGICA, NEM SAGRADA, NEM, MUITO MENOS, DEMONÍACA. ELA É UMA DOENÇA NEUROLÓGICA COMUM.

Destaquei a palavra "comum" com canetinha roxa. Esse primeiro conselho me dava um pouco de vontade de rir. Era óbvio que não se tratava de nada sagrado ou demoníaco, mas fiquei pensando em como as crises aconteciam e anotei no meu diário que queria que alguém me filmasse. Fiz um parêntese e escrevi "pai ou mãe". Anotei também que precisaria pedir uma filmadora emprestada, já que não tínhamos uma.

2. A EPILEPSIA NÃO É UMA DOENÇA CONTAGIOSA. ELA É APENAS O PRODUTO DE DESCARGAS ANORMAIS DE CÉLULAS NERVOSAS NO NOSSO CÉREBRO.

3. A EPILEPSIA É UNIVERSAL. ELA ACOMETE PESSOAS DE QUALQUER FAIXA ETÁRIA E DE TODOS OS PAÍSES.

Os itens 2 e 3 me pareceram justos. Não era algo de meninas da minha faixa etária nem uma doença que acometia apenas parte específica da população brasileira. A palavra "anormais" me dava um pouco de angústia. Anormais. É claro. Tinham que ser. Pensei aquilo com os dentes travados num pouco de raiva.

4. A EPILEPSIA NÃO PODE SER VISTA COMO UMA CATÁSTROFE. ELA É UMA <u>CONDIÇÃO</u> QUE TEM TRATAMENTO E QUE NA MAIOR PARTE DAS VEZES É BENIGNA.

5. A PESSOA COM EPILEPSIA É UMA PESSOA <u>NORMAL</u>. ELA PRECISA SEGUIR AS INSTRUÇÕES DO MÉDICO, COMO QUALQUER UM DE NÓS.

Essas duas frases me deixavam muito tranquila, porque assim eu sabia que se tratava de um problema contornável e que eu poderia ter uma vida normal, apesar das descargas "anormais".

6. A EPILEPSIA POR SI SÓ NÃO GERA <u>DESADAPTAÇÃO SOCIAL</u>. A <u>SUPERPROTEÇÃO</u> DOS PAIS EM RELAÇÃO À CRIANÇA PODE LEVAR A ALTERAÇÕES DE COMPORTAMENTO E PERSONALIDADE, TORNANDO A CRIANÇA, FREQUENTEMENTE, SOCIALMENTE ISOLADA, <u>DEPENDENTE E INSEGURA</u>.

Isso me preocupava, porque, às vezes, eu olhava para a minha mãe e ela me olhava de volta com um ar derrotista que denunciava a perdedora que eu era. Ela era uma perdedora por ter uma filha epilética. Estávamos fadados ao sofrimento e ao fracasso como seres humanos e sociais, como família. Eu via na cara da minha mãe a frustração crescente. E a espelhava. Não íamos mais com tanta frequência a restaurantes nem a cinemas. Meus pais reclamavam da falta de dinheiro e do negócio que ia mal das pernas, reclamavam do preço de tudo e eu ouvia, clara e implicitamente, meu nome e todo o tratamento sendo mencionados como uma das tantas despesas. Também não íamos mais visitar a casa de parentes, coisa que minha mãe amava e eu achava um horror, especialmente a casa de tias velhas, com aquele cheiro característico de tias velhas, perguntas de tias velhas, toalhinhas e bibelôs de tias velhas. E as primas que mais pareciam bonecas gigantes donas de uma única expressão, donas de felicidades incompreensíveis e monótonas que se materializavam em marcas de certo, que checavam listas igualmente monótonas. Como estão os namorados? Eu já previa a cara da minha mãe se apressando em responder que primeiro eu devia me tratar e estudar e depois pensar em namorados. Previa a minha mãe respondendo por mim. Se adiantando à minha incapacidade, à minha falta de vontade. Mas o que ela pensava é que eu jamais teria um namorado. Ou uma lista como a delas. Ela evitava falar sobre a epilepsia. Mas era ela que estava sempre ao meu lado quando alguma coisa ruim acontecia. Eu me sentia terrivelmente culpada.

Ninguém perguntava como eu me sentia. Eu não sabia responder com precisão. E as pessoas acreditavam na precisão dos sentimentos. Estou feliz. Estou triste. O que aquelas palavras queriam dizer, afinal? Estou com três quilos de areia molhada no estômago.

Meu pai parecia estar indo bem, à parte as reclamações financeiras, mas era difícil mesmo saber o que ele pensava, seu repertório de caras era restrito. Sua queixa maior era não ter assunto. Às vezes voltava de cabeça baixa e olhos meio parados da casa do vizinho ou de algum churrasco em casa de amigo. Falou pra mãe um dia que não conseguia fazer conversa. Não dava.

— Eu tento puxar uma prosa, Sônia, mas não vinga. Prefiro ficar quieto.

— Vai ver que são teus assuntos, Mariano.

Existiam ainda outras coisas que minha mãe ignorava. Meus pais, dona Sônia e seu Mariano, não eram pessoas ruins, longe disso, acontece que não sabíamos lidar com os acontecimentos. Éramos todos inexperientes.

7. NA MAIORIA DOS CASOS BEM CONDUZIDOS, A EPILEPSIA NÃO LEVA A PROBLEMAS ESCOLARES. COM DIAGNÓSTICO E TRATAMENTO ADEQUADOS, APROXIMADAMENTE 80% DAS CRIANÇAS TERÃO SUAS CRISES CONTROLADAS COM UM MÍNIMO DE EFEITOS INDESEJADOS. ISSO LHES PERMITIRÁ ACESSO A UMA VIDA NORMAL.

Minha âncora: uma vida normal.

Com o passar do tempo, minha mãe começou a me monitorar e percebeu que, quando eu estava mais calada do que o normal, mais fechada no meu canto, logo eu poderia ter uma convulsão das feias.

Eu tinha ficado muito puta por ter perdido um ano de escola, por ter parado com as aulas de violão, o coro, por ter deixado meus amigos meio de lado. Isso tinha me estragado as vontades. Larguei "Bizarre Love Triangle" no violão, em dois acordes mal executados. De qualquer forma, eu era muito ruim, e nada disso era culpa só da epilepsia. O violão estava escorado na parede, todo empoeirado, e eu sem coragem de pegar. Sem coragem de nada. Eu passava os dias com fones de ouvido, deitada no chão do quarto, não falava direito com meus pais, não falava com ninguém. Apenas o necessário. Ficava deitada pra evitar as quedas. Nunca contei isso pra ninguém. Mas passava pela minha cabeça "se eu ficar aqui deitada e tiver uma crise, melhor, nem vão notar".

Eu tinha tropeçado dos catorze pros dezesseis. Dois anos de *medicação inapropriada*, nas palavras do novo médico, tinham me deixado nula, e o que sobrava dentro de mim era uma raiva que eu não fazia ideia de onde vinha mas estava lá, uma raiva em palavras destacadas em caneta roxa fluorescente: comumprodutodedescargasanormaisdecélulasnervosasnonossocérebrouniversalcondiçãonormaldesadaptaçãosocialsuperproteçãodependenteeinsegura80%crisescontroladasvidanormal. Uma raiva que, quando explodisse, causaria um estrago imenso ao redor.

Eu ouvia "Blue Monday" e "Ironic" sem parar, desejando que ninguém mesmo me perguntasse como eu me sentia, porque eu me sentia uma bosta, uma inútil, alguém que não era normal, por mais que o folheto me dissesse o contrário, e eu não queria dizer aquilo para alguém, quão irônico era. *Tell me how does it feel when your heart grows cold, grows cold, cold.* Porém, eu esperava que alguém me desse atenção, que me perguntasse como era de repente perder a consciência numa descarga elétrica cerebral, como era por dentro para mim, mesmo que eu não soubesse dizer. Queria que alguém perguntasse de um jeito honesto. Porque às vezes a gente não sabe mesmo como se sente, não sabe de nada, nunca por completo, mas seria bom falar sobre isso realmente. Ninguém me perguntava nada e cada vez se afastavam mais. Então, eu me afastava também. Repelia. As pessoas faziam de conta que nada daquilo existia. Pelo amor de deus! Era uma pessoa tremendo e babando no chão da sala, da cozinha, na rua, como podiam ignorar aquilo em mim? Aquilo me deixava mal, severamente mal. Afrontava a minha inteligência. Me dava uma gastura. Meus próprios amigos, minha família. Eu não era burra. Eu queria falar sobre as coisas. Eu precisava falar sobre as coisas. Mas todos preferiam ignorar.

Menos a Joana.

Tenho que ser justa. Ela tentou. Volta e meia chegava lá em casa com violão, fitas, CDs, papéis e sei lá mais o quê. Queria me animar. Um dia tirou uma papelaiada de uma pasta e disse que naquele dia aprenderíamos juntas uma música, que honestamente não chegamos a de fato tocar. Antes de qualquer coisa, a lapiseira da Joana rolou para debaixo da minha cama. Me espichei para tentar pegar. Nunca tinha sido um problema entrar embaixo da minha cama, mas minha bunda não passou. Sei lá por quê. Acho que de uma hora para outra meu corpo, que era ossudo e longo, ganhou uma protuberância traseira maior do que a normal. Adolescente desengonçada. A Joana começou a rir e rir sem conseguir se controlar e deu um tapão na minha bunda e eu bati a cabeça no estrado do colchão.

— Para!

Ela deu outro e, num reflexo, bati de novo a cabeça. Comecei a rir também. Ela agarrou minhas pernas e me puxou para fora.

— As pernas finas continuam de rã.

— Por que tu me bateu?

— Cara, que bunda é essa que eu nunca vi?

— Sei lá eu do que tu tá falando — eu disse, já meio rindo de novo.

A Joana se levantou do chão e ergueu um pouco a blusa, meio de costas para o espelho.

— Eu que sou bem maior que tu não tenho essa bunda toda.

— Nada a ver.

Ergui a camiseta também e constatei que meu corpo tinha adquirido alguma forma, apesar da magreza. A Joana foi dar mais um tapa, mas eu desviei. Mostrei a mão com a lapiseira. Antes que ela pudesse pegar, eu escondi a lapiseira atrás do corpo. A Joana odiava essas brincadeiras. Uma vez ela deu um tabefe na cara de um guri que ofereceu uma bala e, quando ela foi pegar, fez de conta que a bala ia cair. Um tabefe. O guri ficou com a boca meio aberta. Ela só disse que *odiava* brincadeiras como aquelas.

— Ah, não. Ridícula. Me dá aqui.

— Credo! Que sem graça, Joana.

— Para, Nanda. Detesto que me façam de boba.

Abri a mão com a lapiseira bem perto da cara dela. Ela agarrou com toda a força.

— Que palhaça.

Fez careta e me abraçou bem forte. Tentou fazer cócegas em mim, e, quando me virei, veio mais um tapão na bunda. E em seguida uma risada muito desproporcional, daquelas que contagiam. Sentamos na cama rindo como fazia tempo não ríamos. Ela puxou um CD da Cyndi Lauper da pasta e disse que tinha aprendido "I Drove All Night" e que era tão fácil que até eu poderia tocar. Disse brincando. Eu ri e disse que aquela música não era da Cyndi Lauper, era de um cara mas eu não lembrava o nome.

— Tu conhece "Bette Davis Eyes"?

— Não.

— Vou tocar pra ti. Aprendi toda ontem.

— Mas é um show isso aqui!

— E nem vou te cobrar, aproveita.

A Joana tinha um gosto musical bem peculiar, que, eu tinha certeza, era influência da nossa professora Bonnie Tyler. Ela gravava umas fitas e deixava lá em casa ou me emprestava CDs, que eu ouvia muito e sempre que possível para criar uma espécie de bolha, até a visita seguinte, até o momento bom seguinte. Eu tinha medo e torcia para não ter crises entre esses momentos, mas não funcionava. Eu tinha um tijolo dentro, que me deixava tensa, que me fazia viver esperando que algo esfarelasse, que alguma merda acontecesse. E se eu me fixasse nessa espera, o que em geral acontecia, uma ansiedade imensa tomava conta da minha cabeça e eu precisava abafar os pensamentos ruins. Naquela tarde, ficamos um tempão sentadas na cama, mexendo nossos pés, tocando nossos pés e falando de coisas bobas.

Meus fones de ouvido se tornaram fortalezas impermeáveis. Se o mundo não me ouvia, eu também não queria ouvir nada do mundo. Eu tinha raiva. Escrevia no meu diário com uma letra pequena, apertando a grafite na folha, que eu tinha raiva. *And life has a funny way of helping you out when you think everything's gone wrong and everything blows up in your face.* Eu nem entendia completamente o que a letra queria dizer, mas eu gostava. E escrevia garranchado e pequeno. Escrevia muito. E depois jogava o caderno numa gaveta por um tempo pra ver se a coisa se dissipava.

"Raiva" foi a palavra menos ordinária que eu achei para descrever a energia gorda que se acumulava nos meus dedos, nas minhas pernas, calcanhares.

E foi com essa força que a vida passou a acontecer na base da chantagem.

Se meus pais se recusassem a me dar qualquer coisa, eu recorria a uma súplica desonesta e mencionava o último ataque ou o seguinte como se fossem as piores coisas do mundo, como se eles, meu pai e minha mãe, fossem os culpados pela minha existência fracassada. Mesmo quando os remédios começaram a fazer efeito e as crises ficaram mais esparsas, eu ainda usava chantagem como moeda de troca. Uma ou duas vezes fingi ter crises para conseguir o que queria. Geralmente, queria coisas muito bobas. Não tomar banho, não precisar comer tudo o que estava no prato, ter preferência para assistir a um programa na tevê, dormir tarde, dormir até tarde. Caprichos bestas e bestiais. Nesses dias, a vida até podia ser boa. Não era uma felicidade natural, parecia que a euforia era maior. Ela vinha de um mal ludibriado e eu me sentia ganhando num jogo imbecil. Nas noites que eu conquistava o sofá grande para esticar as pernas e o controle da televisão depois da novela, achava que podia fingir uma alegria junto da alegria que eu sentia por estar bem. E meu pai, no auge do seu carinho, me trazia uma vaca-preta, escondido da mãe, mas ela sabia.

— Não deixa a tua mãe ver. Lava o copo depois.

— Obrigada, pai.

Às vezes eu lavava. Às vezes deixava do lado do sofá. O copo com resto de gordura de sorvete e Coca-Cola choca. Eu não me prestava a nada. De vez em quando lavava uma louça. Podia marcar os meses com a quantidade de ajuda nas tarefas de casa.

— E se ela se corta?

Ouvia os dois discutindo o peso da filha abobada. O peso da filha mau-caráter. O peso da filha. Nem eu sabia me definir. Nem queria.

Louças se passaram.

Algumas desculpas esfarrapadas, birras e malandragens.

Mas teve um dia que eu exagerei. Bastante.

Minha mãe achava que dar voltas no shopping era algo revigorante, porque eu poderia ver gente (e porque ela poderia ver gente), lá olharíamos vitrines (cheias de itens que não poderíamos comprar) e passaríamos um tempo juntas (olhando cada uma para um lado). Não sei por que minha mãe tinha a ideia de que o shopping era um lugar seguro. Leia-se: seguro pra mim, caso eu tivesse um ataque, e seguro pra ela, que estaria dentro de um lugar que era obrigado a prestar socorro. Se estivéssemos na rua, ficaríamos à míngua, ela pensava, esperando uma boa alma ajudar mãe e adolescente epilética. Acabamos indo ao shopping naquele dia. Fui direto comprar meu CD, depois disse que estava muito cansada e fiz minha cara mais miserável. Eu só queria ir pra casa escutar a faixa que me chamou mais a atenção: "Ultraviolence". Minha mãe ainda queria passar na loja de eletrônicos e na de badulaques indianos.

— Vamos lá, filha, ver aqueles panos lindos! Tem um vestido que ia ficar lindo em ti. Pros teus dezoito que tão chegando, hein? Quem sabe?

— Dezoito.

Irritações começaram a crescer em mim como formigas debaixo da terra construindo um grande formigueiro, prestes a ser pisado por uma alma desavisada. Meus olhos escureceram, minha pele começou a arder e minhas mãos gelaram completamente. Era raro eu não conseguir de primeira o que queria.

— Mãe, eu não tô muito bem. Podemos ir pra casa? Tô com cólica.

— Vamos entrar, só um minutinho. Depois a gente anda, podemos tomar um sorvete, hein? O que tu acha?

Minha mãe falava e me puxava amorosamente pelo braço loja adentro. Por que ela estava me forçando a ficar no shopping? Eu não gostei nada daquela estratégia pública de contentamento. Com certeza aquilo era conselho errado de alguém. Não tive dúvida, fixei os olhos na fumaça do incenso que se alastrava sinuosa, tremeliquei um pouco as pálpebras, numa crise fingida e muito mal interpretada de ausência que deixou minha mãe morta de preocupação e vergonha. Passei um tempo olhando os desenhos improvisados à frente de tecidos alaranjados, fingindo. A vendedora foi quem percebeu que eu não estava normal e avisou minha mãe. Enquanto ela tentava chamar alguém, eu fiquei fingindo para a atendente da loja. Ela me deu água e me pôs para sentar atrás do balcão. Até chegar a assistência e perguntar qual era o problema e se minha mãe desejava ajuda, foram uns dez minutos. Parecia que tinham sido dez horas. Quando umas pessoas chegaram com cadeira de rodas na loja, eu comecei a me arrepender. Era procedimento do shopping. Eu disse que estava me sentindo melhor e que era epilética; palavra que minha mãe ainda não tinha utilizado naquela conversa. Talvez ela não quisesse dizer. Fiquei com vergonha. Fui de cadeira de rodas até o táxi, olhando pra baixo. Minha mãe não dirige. Nunca mais dirigiu depois do acidente. Meu pai e ela voltavam de Floripa pela BR-101, primeiras férias juntos. Tinham ido acampar. Eu detesto acampar, talvez porque essa história tenha colado nas minhas memórias de um jeito torto. "Se teus pais tivessem morrido naquela estrada, tu não estarias aqui, Maria Fernanda", me diziam desde pequena. Eu me lembro de pensar muito seriamente sobre isso quando tinha seis anos de idade. Eu não estaria aqui? Onde eu estaria? E chorava escondida pensando na possibilidade de não estar ali. Meu pai quebrou a perna e tem uma cicatriz no rosto, dos cortes causados pelos cacos de vidro do para-brisa, minha mãe estava dirigindo e quebrou as duas mãos.

Cheguei em casa entre a vergonha e o cansaço, com certeza arrependida. Mas não queria pensar sobre nada. Entrei no banheiro dos meus pais, sem dar desculpa nenhuma, e surrupiei dois comprimidos pra dormir. Tomei um só. O outro eu guardei pra mais tarde, caso fosse necessário; depois, sentada no chão do meu quarto, coloquei os fones e esperei. Ainda estava irritada com toda a cena, mas sabia que em pouco tempo o remédio faria efeito. Então, quando entrou aquele solinho de guitarra e a voz macia e meio aguda do Sumner começou a deslizar pelos meus ouvidos, tive a certeza de que tudo ficaria bem. Eu fui ficando relaxada, olhei para a parede e depois pros meus tênis. Pensei que descalça ficaria mais confortável. Puxei os cadarços, empurrei um pé no outro e fiquei de meias. Respirei bem fundo pra me aliviar do mundo, das escolhas, de tudo o que era fatídico, e do nada me veio uma ânsia da vida, do caminho das coisas, de onde eu tinha chegado, de ser como eu era. Olhei para o folheto médico na parede, achando que tudo aquilo era uma grande mentira. E me olhei no espelho grande escorado na parede *I've lost you I've lost you I've lost you I've lost you*. Talvez eu tivesse uma doença demoníaca, porque eu estava me tornando uma pessoa ruim, mentirosa. Olhei para a minha cama, estava pegando fogo, cogitei deitar e queimar junto. Mas era delírio, imaginação. Minha cabeça martelava muitas ideias, e estagnou em uma: vai ser sempre assim.

Vai ser assim toda a vida.

Levantei meio grogue e fui até a cozinha, onde minha mãe fazia pão.

— Mãe, desculpa por hoje.

— Desculpar o quê, minha filha?

— Por eu ser assim, eu não sei, acho que as coisas não estão boas.

Respirei profundamente e um bolo esquisito subiu pela minha garganta, empurrei de volta. Eu não ia chorar.

— Não tem que se desculpar, filha, nunca.

Fiquei parada no batente da porta, meio escorada, engolindo a coisa, o bolo, a amargura. Minha mãe veio me abraçar.

— Eu sinto uma coisa dura, mãe, uma raiva, acho.

— Mas raiva do quê, filha? De quem?

— Das pessoas. De mim mesma. Sei lá. É muito, sabe? Eu preciso esvaziar. Eu não queria ter feito aquilo no shopping. Eu não queria ter ido, mas eu sei que tu só quis fazer o melhor pra mim. Mas eu não queria ter feito aquilo. — Falei tudo meio embolado, com a boca seca demais.

— Mas não é culpa sua, minha filha.

— Um pouco é. — Ou é bastante, pensei.

— Não, filha.

— Mas e se eu não estivesse aqui? Ou se não fosse assim, o que tu e o pai estariam fazendo?

— Que pergunta é essa? Tu está aqui, não tem nada de não estar aqui, guria.

Lembrei minha mãe sobre a história do acidente e de como ficava triste, quando pequena, ao imaginar aquela possibilidade.

— Sério, Maria Fernanda? — debochou, estranha e carinhosamente.

Sentou numa cadeira e fez sinal para que eu sentasse perto.

— Sabia que fomos acampar naquele mesmo lugar quando tu era bebê?

— Não. Achei que tu e o pai odiassem acampar, por causa do...

Me interrompeu com um estalo feito com a língua e os dentes, um estalo que indicava "besteira".

— A gente perdeu o hábito e a parceria. E, sim, sim, não somos lá muito fãs de acampamento, mas voltamos lá contigo. Acho que foi no ano seguinte ou no outro ainda. Foi um verão bem gostoso.

— Tem fotos?

— Deve ter nas caixas. Teu pai disse que ia organizar as fotos. Botou tudo em caixas e sacos plásticos, separadas por ano ou sei lá, e acha que organizou. — Estalou a língua nos dentes de novo. — Tu até fez uma amiguinha, Maria Fernanda, foi na festinha e tudo.

— Quem?

— Nem ideia. E, na volta, fundiu o motor do carro e tivemos que voltar de carona numa Fiorino. Pensa! Que doidos. Depois seu pai ficou sem carro, até pouco tempo atrás. Aí não fomos mais. Nossos amigos voltaram pra Colômbia.

Minha mãe e meu pai acampavam, pegavam caronas com estranhos em furgões com um bebê pequeno, tinham amigos colombianos. Eu não sabia nada de nada.

Não tive coragem de dizer que era culpa minha, que tinha sido uma cena. Não tive coragem nem de continuar me explicando. Dei as costas pra minha mãe. Se eu conseguisse explicar, ela não entenderia. Ou entenderia que a filha dela é uma mau-caráter. Voltei pro quarto, apoiei a mão na mesinha e derrubei a pilha de CDs, gritei pra minha mãe que estava tudo bem, que só tinha derrubado umas coisas. Ela gritou que tudo bem então e nem apareceu no quarto. Acho que compreendeu a minha necessidade de autonomia, de solidão, de sei lá o quê. Comecei a juntar os CDs. The Smiths, Depeche Mode, Duran Duran, Talking Heads, Titãs. Parei no Titãs 84-94. Fui direto ouvir "Desordem". Deitei na minha cama de cinzas agora. Fria. Dormi na metade, olhando pro meu violão sem cordas que nunca aprendi a tocar. Sonhei com incêndios e brigas imensas, como se as ruas fossem campos de batalha, e eu assistia tudo pela televisão, sentada numa poltrona desproporcionalmente pequena. Só sei que dormi olhando para o violão, porque acordei exatamente com a mesma perspectiva. Olhando o oco do silêncio. Nada tinha mudado. Não havia uma nova ordem.

Substância

MANY INDIVIDUALS WHO ARE DISTURBED BY LIGHT EXPOSURE DO NOT DEVELOP SEIZURES AT ALL, BUT HAVE OTHER SYMPTOMS SUCH AS HEADACHE, NAUSEA, DIZZINESS AND MORE. THEY DO NOT HAVE EPILEPSY.

A tela do computador me incomodava um pouco, eu olhava para o CD enfiado no meio do dicionário de inglês: "seizure n. (epilepsy) ataque apoplético".

Apoplético? Comecei a rir. Uma mancha azul escorrendo. Uma interrogação se desintegrando bem na minha cara. Sem resposta elaborada. Parei. O vácuo da espera. Meus amigos, os que sobraram, os que na escola não me chamavam de "mina do tremelico", tinham passado no vestibular, entrado em faculdades e alguns já se encaminhavam para o final de seus cursos. Minha bicicleta tinha ficado alguns anos encostada na parede da garagem, até que meu pai perguntou se podia doar.

Uma mensagem do Davi pedia RSVP para um convite de cinema. *Closer*. Abri o e-mail. Ele tinha anexado a sinopse. Respondi dizendo que não ia e imediatamente o nome dele piscou no meu MSN.

DAVI DIZ: vamos, Nanda, por favor.
NANDA DIZ: odeio cinema.
DAVI DIZ: mas é um puta filmaço. Eu te busco e te entrego em casa. Até pago a pipoca.

Recuei a cadeira. Meu teclado tinha as letras gastas, apagadas. Não tinha problema, eu sabia onde as letras estavam. Era engraçado, se eu olhasse e tentasse adivinhar conscientemente qual letra era qual, erraria. Mas, na hora de escrever, os dedos passeavam pelo plástico meio solto e construíam palavras. As palavras certas: não quero não posso não tenho vontade não não não.

DAVI DIZ: POR FAVOR! Até o Alexandre vai. Nunca mais fizemos nada juntos os quatro.

Ele tinha razão.

NANDA DIZ: Tá bem.

O filme era bom mesmo. Fiquei feliz de ter ido. Nas cadeiras eu, Joana, Davi e Alexandre, na outra ponta. Trocamos poucas palavras. Ele parecia incomodado. Eu parecia incomodada. Enfiei a mão até o fundo do pacote de pipoca, mexi os dedos até encontrar o fundo desfeito e depois disso o zíper do short da Joana, que deu um pulo.
— Desculpa.

— Desculpa eu, acabou. Fiquei tensa. Comi tudo.

Alguém disse alto que todos acabariam trepando. Depois do filme, o Davi sugeriu um cachorro-quente onde tempos antes a gente ia de vez em quando. O guri tava nostálgico. Tava feliz de juntar os amigos. O Alexandre, com meio cachorro-quente na boca, disse que tinha uma coisa pra contar.

— Vou ser pai.

Primeiro meio que ficamos paralisados, até que a Joana o abraçou. Ele riu e limpou a boca.

— Caralho, velho! Vai ser pai. Que loucura! — O Davi dizia aquilo tudo com uma felicidade áspera.

Eu sorri. Dei um abraço desmilinguido mas muito sincero, que ele recebeu mole mas também com sinceridade.

Depois disso o Davi me deixou em casa. Todo mundo tinha algum trabalho para terminar. Alguma coisa para entregar no fim do semestre. Algum compromisso inadiável. No rádio tocava "Sweet Dreams" e o Davi fazia todos os agudos e gemidos e em algumas partes me olhava erguendo as sobrancelhas como se quisesse me dar algum conselho *everybody's looking for something*.

Eu? Eu também tinha minha coleção particular de afazeres. Tinha me especializado em pesquisa de revistas de saúde, física e mental, e internet: tudo sobre epilepsia. "Pode me dar o diploma", dizia pra Joana e pro Davi. Eu era um personagem, tive que criá-lo para me sentir bem, para me defender da crueldade dos outros. E dizia pra eles, sorrindo: "Pode mesmo me passar o diploma, gente", mas me sentia atrasada, burra, frágil, tosca. O Alexandre, toda vez que me via, tinha um olhar de pena. No início nos tolerávamos. Fazíamos de conta que a amizade resistia. Eu fui parando de falar com ele. Ele foi parando de falar comigo. Viramos estranhos conhecidos. Ele se mudou para Porto Alegre. Faculdade. Vinha muito pouco, raramente nos procurava. Nuncá trazia a namorada. Às vezes penso se ele se sente culpado de algum modo, queria contar a ele que não há culpados. Mas nunca poderia dizer aquelas palavras sem implicar a existência de alguma culpa. Nenhum dos dois precisava daquilo, de uma cara feia a julgar. Eu não tinha conseguido terminar o segundo grau, e não por causa da epilepsia, mas por uma série de acontecimentos catastróficos envolvendo a minha autoestima e uma falta de vontade de viver daquele jeito. Tentei aqueles cursos noturnos que compactam a matéria e te dão um diploma no fim. Tentei por dois anos. Da primeira vez fui até a metade, da segunda, fui a duas aulas. A Joana e o Davi foram os únicos que sobraram. Eu acho que sempre sobra pouco pra todo mundo, independentemente de histórias traumáticas. Sempre sobra pouco dessas amizades de escola, em que juramos amor eterno e fazemos planos pra vida, viagens incríveis. Colamos fotos na agenda do colégio junto de anotações extremamente importantes num alfabeto codificado cheio de símbolos que mais tarde não entenderemos. Cadernos de recordação com papel de bala grudando as folhas. E, anos depois, nos perguntamos por que diabos uma gosma estaria sujando uma agenda velha? Por que diabos eu tinha toda aquela tralha guardada?

Em casa, taquei a agenda dentro dum sacão de lixo azulado. Ela caiu aberta e uma foto respingou dali. Tirei o Lou Reed do som. Não era um dia perfeito. Nunca tinha sido perfeito. Juntei. Quem eram aquelas pessoas? Eu me lembrava de alguns nomes, lembrava da maior parte dos nomes. De alguns, eu lembrava até da matéria que dominavam e daquela na qual fracassavam terrivelmente. Dei play em outro som. Não fazia a menor diferença. Não faz a menor diferença que a Gabriela fosse uma atleta estupenda, nem que o João Vítor fosse um gênio da matemática, os dois tinham cursado direito e trabalhavam no setor administrativo de uma fábrica de sapatos, que anos mais tarde entraria em falência. Não sei onde estão, não sei o que fazem, se já têm suas famílias, se foram viajar pelo mundo, se morreram até. Sei lá. *Maybe I've forgotten the name and the address of everyone I've ever known it's nothing I regret save it for another day it's the school exam and the kids have run away.* Tirei meu diário da gaveta, um caderno velho de capa verde, todo amassado, joguei no saco. Boca seca, língua grossa, fui tomar um copo d'água que desceu pesada, me inundando dentro. Peguei o caderno de volta. Escrevi em letras grandes: "FUGA".

Eu fugi. Fugi daquilo tudo, da cena, das outras fotos e viagens que vieram. Mas foi porque eu não me sentia parte. Não tinha fotos de viagens, não tinha fotos de idas ao parque, às cascatas, às piscinas, às fazendas, ao estádio de futebol. Aposto que, nos sacos plásticos do meu pai, poderia achar só poucos registros, de casa mesmo. Com o grande eucalipto do pátio e depois sem o grande eucalipto do pátio. Com o terreno baldio, depois com a pista de bike, depois a construção, depois o prédio de apartamentos novinho, e então o mesmo prédio um pouco desgastado pelo movimento da vida. Nas primeiras eleições em que votei, já que perdi a de 1998 pro Gardenal. Minha mãe e eu desfocadas, segurando o título, Joana e Davi, enquadrados por engano, no cantinho, bandeira vermelha nos ombros. E, finalmente, a grande mudança da paisagem da rua: o asfalto. Não fui à excursão da oitava série, não tenho fotos das seguintes, em Florianópolis, Garopaba, Camboriú, na ilha do Mel. Não sei para onde foram. Meus pais ficaram com medo de me deixar ir, os professores também, meus colegas, que não eram meus amigos porque eu tinha perdido o ano, também não queriam a "mina do tremelico" estragando a viagem deles. Eu nem tinha mais tantas crises. Nem tinha tido muitas das tônico-clônicas, como aprendi a identificar, na escola. Acho que tive três ou cinco ou oito. Foi o que bastou pra ganhar o apelido. Isso ficou tão gravado no que sou, que até hoje sinto nojo de escola, das pessoas da escola. Digo "as pessoas da escola" e tremo. Não sei se é medo ou nojo ou um cansaço infinito. Mesmo que agora até as crises de ausência tenham diminuído, mesmo que a medicação esteja funcionando bem, mesmo que tudo esteja indo tranquilamente, eu não consigo me desvincular dessas coisas, dessas faltas. Eu disse que não importava, mas importava, sim. Parece que fiquei com um monte de lacunas para completar. E eu não sabia com que completar.

Do início do ensino médio até eu desistir foi um longo borrão, uma mancha comprida atravessando meus cadernos, letras desmanchadas, palavras incompreensíveis.

Teve o dia em que eu comi um sonho velho na cantina e disse que era o melhor sonho do mundo só pra encher o saco de uma colega cujo nome não lembro, e teve o dia em que eu caí nos cascalhos porque meu tênis tava desamarrado, acho que foi o mesmo dia em que bati com a cabeça na classe durante a prova de inglês porque não me lembrava do passado do verbo "to cut", que agora lembro, é igual ao presente, e ao ouvir o som seco de um crânio contra a madeira meus colegas abriram um clarão ao meu redor e um deles até gritou: "Morreu!". Mas eu levantei a cabeça para tranquilizar a todos, depois lembro de ter levado o caderno de mapas porque achei que teria aula de geografia, mas era de história, com a mesma professora, o que pode ter gerado a minha confusão, essa professora tinha a cabeça desproporcionalmente menor que o corpo e usava sempre um coque muito apertado, o que fazia com que nos concentrássemos muito mais na cara repuxada dela do que na matéria e talvez por isso eu tenha me enganado, nesse dia um colega chamado Paulo Ivan, que tinha recém entrado na escola, teve suas calças puxadas para baixo quando se curvou sobre a mesa da professora para sanar uma dúvida de matemática e depois, não sei, talvez tenha sido nesse mesmo dia imenso, ele deixou uma pulseira na minha mesa com um bilhete dizendo que gostaria de tomar um sorvete na Kika comigo, era uma pulseira verde-amarela-laranja de miçangas, eu amava sorvete mas detestava miçangas, então simplesmente ignorei o Paulo Ivan e deixei a pulseira cair no chão sem contar para ninguém o que tinha acontecido, depois fiquei em casa sem fazer nada, inúmeras vezes nada, mas no dia seguinte ou no dia anterior o guri que tinha mais espinhas que todos nós, tanta espinha que não cabia tudo na cara, roubou meu caderno do Angeli, que tinha a capa cheia de desenhos massa, e escreveu TREMELICO bem grande de canetão preto por cima dos desenhos e deixou o caderno abandonado no chão do banheiro masculino, onde a Joana teve que entrar puta da cara para recuperar meu caderno e dar com ele na cabeça do guri espinhoso recomendando que nunca mais fizesse uma coisa daquelas com ninguém, nesse dia todos riram muito mais dele que de mim e conseguimos apagar com álcool e algodão o escrito, e mesmo que o caderno tenha ficado meio desbotado, ainda assim era melhor do que escrito, antes ainda dessa manhã ou tarde fomos para a aula de computação e o professor nos ensinou a programar um joguinho em que uma tartaruga andava pela tela sem nenhum objetivo aparente e, como aquilo parecia ser extremamente fácil e tosco, Joana e eu pedimos para ir ao banheiro juntas e o professor obviamente deixou, porque afinal eu poderia ter alguma coisa que enfim às vezes vinha ao meu favor, então fomos juntas ao banheiro e quando, na volta, para demorar um pouco mais e não voltar para a aula chata tão rápido, passamos pelo corredor externo, onde guardavam tralhas velhas, como cadeiras frouxas e classes bambas, vimos de relance o que parecia ser a Bianca fazendo um boquete no Juan ou o Juan fazendo um boquete na Bianca e nos perguntamos se se dizia "boquete" quando era numa guria, ficamos para sempre com essa dúvida, aí a Joana disse "cunilíngua" uns dias depois e eu não acreditei porque tive certeza absoluta de que cunilíngua devia ser em outro lugar. E finalmente teve o dia em que a Joana chegou de manhã na aula com a boca toda fodida, porque tinha lambido uma faca quente.

— O que aconteceu com a tua boca?

— Minha mãe fez bolo.

— E tu comeu ele com fogo?

Ela riu um pouco, depois colocou a mão sobre os lábios como se o riso tivesse provocado muita dor. Fechou os olhos por alguns segundos.

— Para. Eu fui desenformar o bolo, passei a faca por dentro da fôrma pra desgrudar e ela saiu cheia de chocolate. E o que eu fiz? Enfiei na boca e lambi o chocolate, que tava pelando.

— Nossa, Joana!

— Hoje de manhã a minha boca tava grudada.

— Tu foi no médico?

— Claro que não. Minha mãe passou vaselina. Disse que só vaselina salva queimaduras. Podemos não falar nada um pouco? Minha boca tá doendo.

— Tudo bem.

Ficamos quietas. Eu fiquei quieta por anos, assistindo brigas imensas, vendo gente se afastar. Mudar. Se dar bem na vida. Ter filhos. Eu queria dizer para a Joana que a minha boca também doía. Que eu também tava meio queimada por dentro, que essa lava me machuca. Mas tinha medo de criar essas imagens, porque elas poderiam facilmente ser reais. Sei que a vida era essa substância, massa amorfa, espalhada, rala num canto, densa noutro. Eu não tinha muito pra colocar nos sulcos que apareciam. Não tenho. A falta plena de quaisquer desimportâncias. Lixo. Então, eu fui entulhando tudo com silêncio e desdém.

Para os outros, era muito mais fácil me ridicularizar do que me entender. Era assim inclusive para mim mesma, naqueles dias. Essa lava crescia desajeitada e sem espaço dentro de mim. Não parecia fácil me livrar da dor, nem da vontade de matar meio mundo. Mas eu socava tudo goela abaixo, junto com a medicação. E depois me alienava durante horas na frente da tevê, na frente do computador, com a cabeça enfiada dentro de revistas, porque ali eu era passivamente alimentada, me espaçava, me anulava. Podemos não falar um pouco? Podemos não falar nada nunca? Não havia explicação nem discussão, nem nada. Eu não precisava justificar a minha existência. Era só escrever palavras-chave e esperar que a internet fizesse seu trabalho. Depois de um tempo, eu já sabia quais palavras combinar.

Assim me tornei uma "especialista".

Eu não podia sair de casa e, quando saía, não podia ir longe. E tinha que dizer onde e com quem estaria, e não mudar de lugar nem de ideia no meio do caminho, levar os remédios e mil recomendações. Dormir fora? Raro. Apenas na casa da Joana, porque os pais dela eram enfermeiros. Antes de sairmos de casa, meus pais ligavam para os pais dela. Implorávamos que meus pais me deixassem ir e com muito custo começamos a estabelecer uma espécie de costume. Até que deixaram de ligar para os pais da Joana, fazendo com que minha vergonha diminuísse consideravelmente.

Sozinha com a Joana, eu só tive uma crise.

Acordei com a cabeça nas coxas dela. Ela acariciando meus cabelos. As paredes do quarto cada vez mais próximas do meu corpo. Não havia espaço para espasmo algum.

Desculpa, me desculpa.

Eu não conseguia nem evitar.

Não sentia culpa exatamente, sentia vergonha, que se manifestava nos meus dedos inquietos. Me sentia um estorvo. Ocupava espaço e tempo demais das pessoas. Amiga "que dava muito trabalho".

— A Nanda cansa, cara.

Eu soube pelo Davi. Uma das vezes em que saíram e não me convidaram. Fiquei mais triste do que puta. O Davi também sentiu quando o Alexandre parou de andar com a gente. Eram bem amigos. Sentiu pelas coisas que dividiam e que o Alexandre tinha supostamente esquecido, negado, não vivido do mesmo modo. Depois me contou, sem moderar nenhuma expressão, que o Alexandre tinha me chamado de retardada social e emocional, e tinha perguntado por que ele e a Joana ainda fingiam gostar de mim. Acho que o Davi me contou para dividir o espanto e a raiva. Não deve ter calculado bem o quanto aquilo me faria mal. Estava doído também. "Coisa de moleque nada a ver", ele disse, e o Davi concordou meio contrariado, precisavam deixar algumas histórias para trás. Como eu também precisava deixar para trás a história daquela noite, na casa da Joana.

Desculpa, me desculpa.

Uma quentura no abdômen, um arrepio que travou com

uma amarra na garganta. Quando acordei, ela limpava a baba da minha boca com o canto do lençol, eu quis nunca ter estado ali e sempre ter estado ali, mas não daquele jeito imbecil, babada depois de ter me contorcido e revirado os olhos.

Espremi as pálpebras e voltei a abri-las.

Lá estava ela. Paciente, fazendo carinho com a ponta dos dedos nas minhas têmporas. Virei de lado e abracei as pernas dela.

— Não quero mais isso.

— Calma. Já passou.

— Não passou. Vai voltar. Volta sempre.

— Eu tô aqui.

— Até quando? Tu tá aqui por acaso. Eu tô aqui por insistência. Eu sou a retardada social.

— Para. Eu sempre vou estar aqui.

— Não. Eu preciso poder ser sozinha. Eu não sei o que é isso, Joana, entende? Ser independente. Não precisar que ninguém fique olhando se eu não vou cair no chão sem conseguir limpar minha própria bunda, será que eu vou poder morar sozinha, ter uma vida besta, simples, normal, será que eu vou poder ter um gato ou um cachorro, melhor, será que eu consigo ter um bicho sem que na minha cabeça uma cena terrível se construa?

— Mas que cena? Eu também fico pensando em cair fora daqui, da casa dos meus pais. A gente tem vinte e poucos anos, é normal a gente querer cair fora. Ficar de boa, sozinhas.

— Não, cara, eu tô falando de limpar a bunda, literalmente. Outro dia eu... deixa pra lá.

A cena foi mesmo terrível. Minha mãe e meu pai tiveram que limpar a minha merda na cozinha.

— Pelo amor de deus, Nanda. Para com isso. Não é pra tanto. Tu te vira muito bem sozinha pra. — E parou.

Sentei na cama, com a boca espremida, olhei fundo na Joana.

— Não é pra tanto... eu me viro muito bem sozinha para alguém que tem um problema. Pra uma doente. Pra uma epilética. Tá procurando uma dessas palavras?

Levantei meio atordoada, sem noção do meu equilíbrio, e ao dar alguns passos, bati na parede, derrubando um quadro. A Joana levantou rápido e segurou meu pulso.

— Onde tu vai?

— Embora.

— Tá louca? Claro que não vai embora. Deixa de ser dramática.

Me puxou para perto dela e, com aqueles olhos de cachorro atento que tinha, sem dizer nada implorou que eu ficasse. Soltou meu pulso e pendurou o quadro, que em seguida caiu. Imediatamente nos abaixamos para pegá-lo e, aquelas coisas idiotas, batemos uma a cabeça na outra. Peguei o quadro e entreguei pra ela.

— Fica aqui. Vamos conversar, por favor. Como sempre fazemos.

— Tu pode ter pego epilepsia com esta batida, sabia?

Ela deu uma risada e me chamou de besta. A foto no quadro era de um pavilhão de tijolos à vista com uma placa carcomida onde estava escrito THE FACTORY, na porta lateral um bando de punks colavam uns cartazes, do outro lado um menino sozinho brincava numa pilha de entulhos de construção à frente de uma pichação que dizia DAMN. Na legenda: *"Where Manchester punk ended and post-punk began"*.

— Eu não quis dizer aquilo. Não mesmo. Tu sabe que eu não penso assim, Nanda. — A Joana suspirou e prendeu bem o quadrinho no prego, olhando por trás da moldura. — A gente se conhece faz tanto tempo. Sei lá, a gente já fez tanta coisa juntas, sempre contornamos os problemas.

— Pois é. Sempre tem uma coisa pra gente contornar.

— Tu queria que a vida fosse um liga-pontos idiota? Não é

melhor que seja, sei lá, esse labirinto? Ao menos a gente se perde um pouco, se ajuda a encontrar os caminhos, fica triste com algum muro e feliz com passagens secretas.

Disse aquilo e me olhou de canto. Depois ficou encarando o chão, como se quisesse me dizer mais coisas do que "a gente se conhece faz tanto tempo" e "passagens secretas". Como se ali naquelas frases o tempo coubesse mesmo, com todas as palavras que faltavam e as lacunas, os trajetos também.

Sentei na beirada da cama, dando as costas para a Joana. Ela me abraçou, enfiou a cara dentro dos meus cabelos e respirou fundo. Deitamos.

— Não é melhor assim?

Fiz de conta que estava tudo bem.

Mas não estava.

Não por causa do que ela havia dito, mas por causa do que eu estava sentindo enquanto ela me abraçava e enroscava as pernas nas minhas. Talvez estivéssemos velhas demais pra tanto contato de pele. Talvez ela sentisse a mesma coisa que eu, mas eu não teria coragem de tirar a prova.

Ela enroscou mais as pernas nas minhas.

— Lembra quando a gente era menor e brincava de lutinha? — Apertou o joelho nas minhas costas e puxou meus braços para trás.

Eu me desvencilhei daquele corpo que parecia o de um polvo e levantei meio envergonhada de mim mesma, de estar desejando coisas estranhas, desejando com o corpo.

— Mais ou menos. Vamos ouvir música? — eu disse, meio atrapalhada.

— Uma vez tu me socou o olho!

Joana tentou começar uma brincadeira fracassada para a qual também estávamos velhas demais, eu achava, e me deu um soquinho na barriga.

— Põe aí alguma coisa.

— Agora? Já é tarde.

Me deu outro soquinho na barriga. Agarrei seu punho. Ela espichou as sobrancelhas e abriu a boca, soltando um *ahaaa*, como se estivesse surpresa, mas era dissimulação. Rolei os olhos para cima e fingi tédio. Mas, bem na real, eu queria levar adiante a brincadeira estúpida, queria que a gente trocasse uns golpes fajutos, queria ficar em cima da barriga da Joana e segurar as mãos dela embaixo dos meus joelhos, como já havíamos feito, quando mais novas, minha cabeça engatou uma sequência de imagens e cenários onde eu e a Joana rolávamos pelo chão, e eu fui ficando corada. Balancei a cabeça e disse qualquer coisa:

— A gente deixa bem baixinho. Me ajuda a acalmar.

— Tá bom. O que tu quer ouvir?

— Low-Life. — Sorri uns dentes, tentando apagar os pensamentos.

As duas na mesma cama olhando para o teto. Senti a mão da Joana pegando a minha mão. A mesma mão com dedos atrapalhados. "The Perfect Kiss" tinha uma parte tão poluída, tão barulhenta, teclado, bateria, sintetizador e uns sapos. Começamos a rir.

— O que são esses sapos na música?

— Não sei. E a letra é totalmente estranha pra uma música que se chama "The Perfect Kiss".

— Totalmente estranha.

Ficamos em silêncio até que a Joana disse que talvez os sapos servissem para dar a ideia de príncipe encantado.

— Príncipe encantado?

— É. Que vira sapo no final.

— Tu quer dizer que vira príncipe no final.

— Não. Que era príncipe e vira sapo no final.

— Mas não é o contrário?

— Tanto faz. É um bicho e vira outro.

— E por que cacete isso seria o beijo perfeito?

— Sei lá.

Joana virou e ficou me encarando.

— Como é um beijo perfeito?

Minha barriga ficou dura. Senti os joelhos amolecerem e engoli com a garganta seca uma vontade imensa, bem maior que meu corpo, maior do que eu poderia compreender.

— Não sei. — Parei uns segundos. — De língua — falei meio baixo, já me arrependendo daquela bobagem.

A Joana continuou a conversa, ignorando o abismo no qual estávamos prestes a cair:

— "Love Vigilantes" também é estranha, não acha?

— Não. É uma história emocionante. O homem volta da guerra e a mulher pensava que ele tava morto.

— É isso? Eu não tinha entendido direito. Como tu saca tanto de inglês?

— Eu não tenho muita coisa pra fazer. Aí eu fico, sei lá, lendo letras, traduzindo umas coisas.

— Mas é um clichê...

— Clichê?

— Claro que é um clichê! Vai dizer que tu não acha? — começou a falar com uma voz pomposa de narrador de documentário. — Um homem vai à guerra, sua mulher o espera, um homem de uniforme e quepe toca a campainha de sua casa para informar que seu marido morreu. — Joana desiste da narração e faz uma boca estranha, de quem desdenha.

— Mas nem é assim. Quer ouvir de novo? Te provo que não é.

— Não, eu confio em ti. Afinal, tu é a especialista em New Order.

Ficamos em silêncio.

75

A Joana foi ficando sonolenta, desmanchando a cara, chegando mais perto de mim *without you they'll never know without you my life won't grow without you they'll never show without you the night won't go without you I'm left alone without you I'm on my own without you my life's a waste* a respiração pesando, o hálito da Joana embaçando minhas vontades. Ela grudou a testa no meu pescoço e ajeitou o queixo no meu ombro. Eu deixei minha mão escorregar até a barriga dela. Apertei os lábios. Mexi meus dedos bem devagar, entrando por baixo da blusa do pijama só um pouco, como se não fosse sério, como se tivesse sido um doce engano. Encontrar a pele quente e macia da Joana na ponta dos meus dedos. Ela se mexeu toda e colou aquela boca enorme no meu pescoço, atrás da minha orelha e, num abrir e fechar de olhos mais lento, já estava sobre a minha bochecha, quase na boca. Aproximei minhas pernas às dela, ela respirando mais pesado. Apertou a mão sobre o meu peito. Gelei.

— Meu braço tá dormente.

Mentira.

Virei buscando um pouco de ar. E assim ficamos *just for you I wrap my face without you I'm left alone without you I'm on my own without you I lay here in pain without you I've gone insane* senti uns dedos caminhando nas minhas costas.

— Tu viu o novo do Radiohead?

— Não conheço.

— Como é que tu não conhece Radiohead?

— Conheço a banda. Não sabia que tinha álbum novo.

— É a tua cara.

— Eu não gosto de Radiohead, me deixa, não sei — fixei os olhos numa parede — mal.

— Vamos pra Manchester um dia?

— Manchester?

— É. Sei lá. Conhecer esses lugares, sabe? De onde eles saíram.

— É uma boa — falei meio sem confiança.

— A gente pode sonhar, Nanda, ainda é grátis.

— É mesmo.

A gente podia mesmo sonhar. Naquela noite, me permiti pensar sobre viagens loucas, sobre o lado selvagem da vida. Me permiti espiar o longe e confesso que senti um oco. Leveza profunda. Cabia muito ar se eu respirasse fundo. Cabia muita coisa se eu abrisse espaço, se deixasse a sanha de lado e o medo, quem sabe pudesse preencher o oco com outras sensações mais amenas, mais tenras. Sei que foi difícil dormir, depois que senti as mãos da Joana passando em cruz sobre o meu peito. Depois de sentir sua respiração quente umedecendo meus cabelos e outros lugares. Eu, com as duas mãos embaixo do travesseiro e, sobre ele, minha cabeça, que fervilhava de um jeito inconveniente e que até então eu não tinha permitido. Senti a ponta dos dedos formigar. Os espaços se inundando. Os braços da Joana desacelerando a noite. O mundo longe, preocupado com suas coisas de mundo. Nós na cama, guardadas. Eu só queria resolver um problema por vez. A epilepsia — problema número um — e o fato de eu ser completamente apaixonada pela Joana — problema número dois — desde sempre.

Naquela noite, além da minha cabeça pensar essas coisas úmidas, meu corpo as sentia inteiro. A Joana dormindo, quem sabe tranquilamente, e eu cheia de problemas para resolver. Problemas que me invadiam em ondas de ansiedade manifestas no estômago e mais abaixo, problemas que subiam pelas minhas pernas e que faziam minhas axilas suarem mais do que o normal, problemas que se manifestavam nos meus dentes e lábios a se abrir para mostrar um pouco como era a felicidade.

Irmandade

É estranho pensar em como a gente encontra a pessoa certa. Às vezes parece que as conhecemos de outras vidas até. Com o Antônio foi assim. A gente se deu bem logo de cara, logo de letra, digo, porque demorou pra gente ver a cara um do outro. Primeiro porque eu tinha uma internet ruim e só podia falar com ele depois da meia-noite. Quando enviávamos fotos, elas demoravam horas para carregar. No fim de mundo onde eu morava, a internet ainda era a lenha. Acho que nesse meio-tempo, até eu ter um cabo decente, nós trocamos só algumas fotos. Eu fiquei muito surpresa quando vi a cara do Antônio pela primeira vez. Porque eu pensei que um epilético operado não pudesse ser do jeito que ele era. Eu tinha uma imagem muito distorcida de tudo. Eu tinha uma imagem horrível de mim.

Pesquisei mais fotos do Ian e de outras pessoas que tinham epilepsia.

Napoleão

Van Gogh

Júlio César

Lewis Carroll
Isaac Newton
Agatha Christie
Harriet Tubman
Margaux Hemingway
Florence Griffith Joyner
As pessoas do fórum de epilepsia do site do Antônio.
Ninguém *parecia* doente.
Anotei os nomes no meu caderno e joguei de volta na gaveta.

Conheci o Antônio num chat de fãs do New Order. Era a primeira vez que eu entrava num chat, porque tinha ouvido o Davi falando no dia anterior sobre "o pessoal do chat de jornalismo obscuro". Não perguntei nada, apenas tentei entender. Havia sites na internet com "salas de bate-papo", os tais chats, pensei, com localidades e assuntos. Depois percebi que meu entendimento tinha sido insuficiente. De qualquer modo, serviu ao propósito. Vi que, num dos sites sobre bandas, havia a indicação de uma sala para fãs, um fórum. Entrei como Nanda, mas logo vi que todos tinham nomes diferentes, referências estranhas a nomes de músicas e outras bizarrices como Ianeuteamoparasempre ou eusouotriangulobizarro ou ainda 6omilhosporhora.

Saí.

Me senti uma anta e passou pela minha cabeça que alguém conhecido pudesse ter me *visto* ali e pensado que eu era mesmo uma anta. Mas era óbvio que não, o que me fez sentir mais vergonha. Levei uns minutos tentando matutar um codinome legal. Entrei novamente como shellshock. Me senti muito orgulhosa da escolha. Não era óbvia. Demorou uns vinte segundos para o power_corruption&lies falar comigo.

POWER_CORRUPTION&LIES DIZ: hold on! It's never enough! It's never enough until your heart stops beating.

SHELLSHOCK DIZ: the deeper you get the sweeter the pain don't give up the game.

POWER_CORRUPTION&LIES DIZ: until your heart stops beating.

SHELLSHOCK DIZ: until your heart stops beating.

POWER_CORRUPTION&LIES DIZ: =}

Eu não sabia como continuar aquilo, afinal power_corruption&lies tinha me dito um emoticon, um igual e uma chave que formavam uma carinha com sorriso. Fiquei um tempo pensando e acabei dizendo a coisa mais idiota do século.

SHELLSHOCK DIZ: gosta de New Order?

POWER_CORRUPTION&LIES DIZ: é...

SHELLSHOCK DIZ: que idiota. É um grupo de New Order, um chat, quero dizer.

POWER_CORRUPTION&LIES DIZ: vc tá certa.

Arrisquei.

SHELLSHOCK DIZ: =}

POWER_CORRUPTION&LIES DIZ: de onde vc tecla?

SHELLSHOCK DIZ: da minha casa mesmo.

POWER_CORRUPTION&LIES DIZ: hahaha gostei.

SHELLSHOCK DIZ: que bom. E você?

POWER_CORRUPTION&LIES DIZ: rj. Tem quantos anos?

SHELLSHOCK DIZ: 25, e tu?

POWER_CORRUPTION&LIES DIZ: 26. Tu tem msn?

O Antônio era carioca. Uma cara grande, barba bem fechada, cílios enormes e volumosos e uma cor de pele fantástica, de quem realmente tomava sol todos os dias. No meio daquele cabelo grosso, tinha ficado uma falha, uma trilha da cicatriz do acidente e outra trilha arborescente, da cirurgia. Mas demorou pra eu saber disso. Demorou pra ele confessar que tinha mentido a idade por insegurança. Demorou pra eu saber do sorriso imenso do Antônio e de como ele seria importante na minha vida. E demorou pra eu perceber que não seria mais.

Todas as noites, eu conectava e ficávamos conversando até alta madrugada. Foi ele quem me apresentou o mp3.com, o LimeWire, o Kazaa, o eMule, foi por causa dele que minha coleção de música se ampliou drasticamente. Ele também me apresentou Morrissey, Bowie e Iggy Pop, me apresentou mais fundo The Smiths, The Police, e UB40, que eu disse odiar mas ouvia secretamente. Até comprei um CD, mas acabei trocando com o Davi pelo *Immaculate Collection*, da Madonna. A voz anasalada do vocalista me enjoava. Comecei a ouvir Franz Ferdinand bem, quando eu e o Antônio paramos de nos falar. Logo depois, eu encontrei Simon & Garfunkel e Echo & The Bunnymen. O Antônio era uma enciclopédia. Ele conhecia tudo. Quase tudo. Geniozinho, me irritava um pouco. Mas era bom conversar com ele. Era muito bom.

Numa tarde parada, completou-se um arquivo nomeado *The Idiot*. Na madrugada anterior, tínhamos conversado sobre a morte do Ian, e o Antônio me contou que aquele tinha sido o som antes de ele se enforcar. Abri o arquivo apreensiva. Meus fones novos tinham um grave consideravelmente bom. Um baixo muito dançante começou a mexer na minha cabeça. Imediatamente senti vontade de balançar os ombros. Pianos, guitarras distorcidas, a voz grave que conduzia a estados mentais dissidentes, meu corpo à deriva, o chão do quarto era feito de ondas. Sorri contente. Era um disco feliz. Parecia um disco feliz. Levantei rápida. Peguei meu caderninho: nunca, nunca mergulhar nessa letargia boa. NUNCA.

Joguei na internet o nome dele: Ian Curtis. Cliquei em

Imagens. Era tão pálido, parecia um fantasma. Não um doente. Um fantasma mesmo. Será que eu parecia um fantasma? Na sequência havia a fotografia de um prédio de esquina, um prediozinho de tijolos com uma porta branca arredondada, numa rua bem vazia, cheia de prediozinhos iguais, com chaminés quadradas e janelas sem persiana. Me imaginei caminhando por ali, abrindo a porta, querendo descobrir algo. Quem sabe um corpo quente ainda. Alguém arrependido, balançando as pernas pra alcançar uma cadeira, uma mesa, minhas pernas tentando alcançar alguma distância de mim mesma. A foto seguinte estava virada e nela parecia haver blocos de pedra, um em cima do outro. Não fazia muito sentido. Inclinei a cabeça para o lado e entendi que era um túmulo. Cliquei na foto. Era o túmulo dele. Simples. Não sei o que eu esperava, acho que nunca tinha imaginado nada exatamente, mas aquilo era uma surpresa. Pedra lisa, com pouco limo esverdeado, chão de cascalho, folhas secas se espalhavam na frente e na parte de cima, onde tinha um buraco redondo. Havia flores, fotos, envelopes e papéis dobrados, bilhetes contendo segredos, que talvez nunca fossem lidos. Um relógio. Me chamou a atenção que um dos vasinhos de flor ainda tivesse uma etiqueta com o preço. Não dava pra ver quanto as flores tinham custado. Bem no centro da lápide estava o nome dele numa letra perturbadoramente simétrica, com a data da morte logo abaixo e, por último, fora daquela simetria toda, a frase maior que o nome, dividida em duas partes: LOVE WILL TEAR US APART. Meus olhos se afundaram na imagem e pude ver meu próprio reflexo por trás daquela história. Depois sumi por um tempo. O que aquilo queria me dizer? Por que o amor tinha que ser um tipo de martírio? Por que as pessoas realmente se arrebentavam por causa de amor?

Antes disso, e depois da melhora da minha internet, a gente trocou fotos e ele me contou como tinha ficado magro e esquisito, sem conseguir se reconhecer por algum tempo. A primeira vez que nos vimos pela câmera, e não numa imagem estática, eu quase não consegui acreditar. Ele era alegre, ativo, bonito, e parecia muito confiante. Tinha um pequeno tique no olho esquerdo, mas eu não perguntei nada sobre aquilo. Ele falava normalmente e rápido e muito. Eu gaguejava e algumas palavras me fugiam quando a frase era longa. Mas nem sei se a causa era a epilepsia, os remédios, ou se era só eu mesma, que não estava acostumada a conversar.

O Antônio me fez pensar na bosta que eu tinha feito da minha vida até então. Porque ele me perguntava coisas ordinárias sobre meu dia e sobre meus gostos, o que eu tinha almoçado e o que eu tinha feito no fim de semana, e muitas vezes eu não tinha nada pra dizer. Também não sabia o que perguntar. Ele me contou que a mãe dele fazia uma feijoada da hora com paio e linguiça, com farofa, couve, vinagrete e laranja, e que a família dele toda tinha passado o domingo se empanturrando de feijoada e cerveja, que o primo tinha furado a boia na piscina porque tava com as unhas sinistras, compridas demais. Contava e ria. Contava tudo enquanto girava na cadeira. Me mostrou o calção novo vermelho que tinha comprado, disse que tinha bolso pra tudo, até por dentro, porque no Rio era bom ter bolso pra esconder algumas coisas. Eu ficava meio besta, respondia algumas coisas com *ah, é?* e *ah, tá* e *que legal*. E, quando chegava a minha vez de contar, eu falava que tinha ficado em casa e que tinha ouvido música, as mesmas músicas, que tinha ido na Joana ou que ela havia ido na minha casa. Nada de mais. Sem praia, sem feijoada, sem piscina. Shopping talvez, às vezes, mas eu odiava. Crises, remédios. Que pessoa chata eu era. Não sei se eu me suportaria. Não sei se eu mesma seria minha amiga. Uma vez a professora de português do cursinho pra atrasados que eu nunca terminei, tinha pedido que fizéssemos esse exercício de imaginação.

— Imaginem um possível diálogo em que vocês conversam com um duplo, ou seja, com vocês mesmos. Imaginem sobre que assuntos falariam, o que seria importante para vocês, o que vocês poderiam descobrir sobre vocês mesmos, se pudessem travar essa conversa. Pensem bastante e me entreguem esse encontro em forma de diálogo. Cinco páginas!

Todos bufaram.

— Cinco páginas, sora? Não tenho tanto assunto.

Eu congelei. A ideia de ter essa conversa me deu ânsia de vômito. Nunca entreguei o trabalho. Nunca voltei praquela aula. Então eu descobri o porquê.

Cara, como eu era chata. Que tipo horrível de pessoa eu tinha me tornado.

Numa tarde que eu tinha marcado pra conversar com o Antônio, a Joana apareceu lá em casa com um arranjo de "Bizarre Love Triangle" para três vozes. Ela veio triste, porque os alunos adolescentes disseram que preferiam outra música "mais atual". Era meio engraçado ver a Joana triste por causa daquilo, porque ela parecia não se importar com nada de trabalho. Mas falando de música ela se transformava. A Joana tinha se formado em música e se especializado em regência. Tinha sido assistente da professora Carmem por um tempo, e recebeu a proposta de assumir o posto de regente do coro. Aceitou. Björk era sua deusa. E eu desdenhava só pra incomodar. Agora se preparava para fazer um mestrado em alguma coisa relacionada com ritmo, em São Paulo. Já tinha ido algumas vezes. Viaja sozinha e tudo, eu pensava. Tinha conseguido uma bolsa. Ela era muito dedicada.

E também sabia ser pedante.

Aquele tipo de pessoa que, se ouvisse alguém cantando fora do tom, imediatamente colocaria a mão no ouvido, olhando feio. Elaborava sobre o erro em termos de timbre, tom, ritmo, o que precisasse. Isso quando não colocava o dedo em riste sobre os lábios do assassino musical. Uma vez estávamos no parque, naquelas rodinhas de violão, onde alguém sempre puxa uma música do Legião Urbana, porque elas são compostas de mais ou menos três ou quatro acordes, e sempre tem algum bêbado que quer tocar três ou quatro acordes e dizer que sabe tocar violão. Nesse dia, a Joana simplesmente pegou o violão da mão do cara. Assim, sem mais. Pegou, e disse para ele aprender a tocar direito aqueles três ou quatro acordes se quisesse impressionar com Legião, e disse "Legião" num tom tão irônico que foi impossível não rir. E acrescentou que não era nenhuma música do Chico Buarque pra ter necessidade de passear tanto entre tons. Era engraçado, mas todos morriam de vergonha. As pessoas adquiriram certa aversão pela chatice da Joana.

Fui a um concerto, por muita insistência, mesmo ouvindo as piadas do Davi sobre vômito. Dobrei minha ansiedade e enfiei num lugar escuro por hora e meia. Não foi tão difícil. Era lindo o modo como as mãos da Joana se mexiam para cima pros lados pra baixo e pra cima pros lados pra baixo. Era hipnotizante. Costas eretas, pescoço alongado e arrepiado, os ombros amplos a sustentar seus braços grandes, e cheios de bolinhas, que acabavam distendendo-se nos movimentos métricos do ritmo. Regeu três peças. Não tenho certeza se ouvi direito.

— E aí, gostaram?

— Velho, de arrepiar.

— Tu rege muito bem. É lindo. Quer dizer, não sei se rege bem, mas é lindo te ver.

Joana ficou corada. Sorriu. E, antes que pudesse dizer qualquer coisa, o Davi quase enfiou o ramalhete de flores na cara dela.

— Trouxemos! É isso, né? Não joguei no palco, no final, porque a Nanda disse que não era pra jogar.

— Obrigada, gente.

Enfim, naquela tarde ela chegou lá em casa arrasada, porque os alunos queriam fazer a encenação do videoclipe da tal música mais atual, como ela mesma adjetivou.

— Acharam a música do New Order muito chata. Muito chata? Pirralhos de merda.

Ela veio me contar porque achou que eu entenderia. E me mostrou a partitura com o arranjo, explicando minuciosamente a beleza da composição. Só que eu ri. A situação era meio cômica, afinal. E ela ficou puta da vida. Aí eu ri mais ainda, porque queria mexer com ela, dentro dela, queria que ela sentisse alguma coisa por mim. Alguma coisa além da amizade de anos, alguma coisa além daquele amor de irmã, de colega de escola, de gente que já se conhece demais e que não espera mais nada do outro. Queria que voltássemos para a única noite em que dormimos abraçadas. Queria mexer com ela, brincar de lutinha. Tocar Joana de algum jeito. Queria que a gente voltasse no tempo e congelasse naquele momento. Eu queria uma coisa diferente, eu queria que ela redescobrisse outras coisas em mim. Cheiros, gostos, uma pinta na palma da mão, qualquer coisa.

Nem que fosse por raiva.

Então eu provoquei.

E disse que aquilo era uma bobagem e que tinha marcado de falar com o Antônio, portanto não poderia conversar com ela naquele momento.

— Namoro de computador é furada — ela disse entre dentes, enquanto guardava as folhas.

Eu fiquei muito irritada.

— Não é um namoro. Ele me ajuda a entender mil coisas sobre a minha… condição, sobre a vida.

— Não é um namoro — ela retrucou, meio rindo, meio num arremedo de mim.

— Que ridícula. Por que tá fazendo isso? Te enxerga, guria.

— Ridícula é tu que não admite que tá apaixonada. Que

não me conta mais nada da tua vida. Que não sai, não me procura. Nada.

— Quem não admite o quê? Tá viajando.

— Tu tá apaixonada? — ela me deu aquele tiro seco.

Antes de responder, eu fechei os olhos e senti uma espécie de fogo subir e descer e se espalhar dentro de mim como num rastilho.

— Tu tá surda? Não é namoro. Tá viajando?

— Responde então. Eu te fiz uma pergunta simples. Tu tá negando?

— Tu tá louca, caralho? Negar o quê? Responder o quê? Não tem nada pra responder. E se tu não sabe mais da minha vida, talvez seja porque eu não quero que tu saiba. Talvez eu não esteja mais interessada em te contar as coisas.

— Talvez tu não esteja mesmo.

Enfiou tudo na mochila e foi embora. Assim ficamos. Sem dizer nada uma para a outra. Nada daquilo que para mim era importante.

Nada.

Voltei pro quarto e chamei o Antônio. E pedi pra ele me contar pela enésima vez sobre as crises dele, sobre o acidente na praia, a prancha, a pedra, as pessoas arrastando seu corpo pela areia quente; enquanto ele contava de novo sobre ter rachado a cabeça no meio, eu só conseguia pensar na Joana. Abri a cortina. Ela ainda tava parada na rua, depois de um tempo sacudiu a cabeça e foi mesmo embora. Acho que ela tava chorando. Fiquei muito mal.

— Foi em 98 — ele disse —, faz quase dez anos. Vou mandar fazer um bolo.

Eu respondi que sim e que sim e claro. Aí ele mandou uma

foto que demorou pra carregar. Quando abriu, fiquei chocada. Mesmo com os pontos dava pra ver alguma coisa que eu achei que era cérebro. Fiquei muito enjoada. Ele disse que tinha passado cinco anos tendo crises diárias e que, ao contrário do meu caso, nenhum remédio tinha ajudado, então o médico dele optou pela cirurgia. Abri a gavetinha e encarei o caderninho verde, fechei novamente.

Nas minhas pesquisas, li que essa operação não era indicada para pessoas cujas crises podiam ser controladas por remédio. Eu estava cansada de ter aquela vida limitada e ver meus amigos realizando coisas enquanto eu corria em círculos de asfixia para chegar a lugar nenhum. Um caso me chamou a atenção. Um homem contava que para ele a cirurgia não poderia ser indicada porque o ponto no cérebro que causava as descargas, ou algo assim, era uma ausência. Uma falta. Uma falha. Fiquei pensando nesse vácuo dentro de mim. Um nada que crescia e me deixava com medo. Colei os olhos na parede. Caí no meu imenso vazio. Como eu poderia preencher a minha existência? Estava ficando cada vez mais deprimida. Foi a primeira vez que me atribuí a palavra: "deprimida".

O psiquiatra, que eu era obrigada a ver, ficou feliz por eu ter encontrado o Antônio. Eu falava muito da Joana para ele, mas nossas perspectivas eram completamente opostas. Eu encarava a coisa toda da Joana como um problema a ser esquecido ou simplesmente riscado da lista dos afazeres resolutivos e que, no momento em que fosse erradicado da minha vida, deixaria de ser um problema.

Feito. Risca fora.

Ele achava fascinante que eu estivesse apaixonada. Disse que era a vida tentando se impor sobre a minha suposta vontade de morrer, porque, sim, às vezes eu dizia pra ele que tinha vontade de morrer.

Ou achava que tinha.

— Quem quer morrer não se apaixona, Maria Fernanda, são vontades opostas. — Parecia que ele falava aquilo debochando da minha cara.

— Tá. Talvez eu não queira morrer. Mas eu não estou apaixonada por ninguém. Eu não tenho isso.

Ele perguntou o que exatamente eu não tinha.

— Isso. Sei lá. Não sinto essa vontade de. — E parei.

Ele ostentava uma cara de expectativa. Queria que eu dissesse alguma coisa reveladora, e tenho a impressão de que sempre o decepcionava.

Fiquei quieta, olhando pra baixo. E ele me perguntou se eu não sentia tesão, se não gostava de ninguém, se não tinha borboletas na barriga. Eu ri. Eu poderia ter borboletas na cabeça. Borboletas que bagunçavam tudo e depois regrediam para a forma de casulos até que estes eclodissem soltando um monte de lagartas feiosas, perigosas, que deixariam um rastro de queimadura por tudo.

Fiquei vermelha. Senti formigar a ponta dos dedos. Senti um calor intenso atrás das orelhas e tive que abrir bem os olhos para vazar um pouco aquela sensação, deixar os bichos saírem pelas orelhas, sei lá.

— Não precisamos falar disso agora se tu não quiser.

— Melhor.

Ele tinha razão. Talvez eu quisesse viver. Viver bem. Não com uma porra de uma vida cheia de merda. Eu queria ser normal. Não ter um problema. Eu queria me apaixonar. Queria sentir coisas que não conseguia verbalizar e que só de pensar me davam vergonha.

Eu disse pra ele: "Porra de vida cheia de merda" e ele me disse que todos nós tínhamos problemas e que eu seria muito ingênua se pensasse que aquilo era uma exclusividade minha. "O mundo contra Maria Fernanda", disse, com um sorriso sádico na boca.

— Eu não penso. Eu só acho que eu... ah...

Até que ele disse uma coisa que me acertou bem no meio da cara: já parou pra pensar que existem muito mais pessoas no mundo que têm a mesma coisa que tu e não agem assim como idiotas. Foi algo assim.

— Idiotas? Mas...

Fiquei estarrecida ao saber que meu médico pudesse achar que eu me comportava como uma idiota. Fiquei estarrecida por ele me dizer aquilo sem cerimônia alguma, sem pensar que eu poderia ficar chateada. E o que mais pesou foi que ele encontrou uma palavra que para mim fazia muito sentido. Eu podia ser mesmo ridiculamente idiota. Ele notou meu constrangimento, notou o constrangimento que se alastrava por baixo da minha pele inteira, e acho que tentou remediar, dizendo que a minha condição, a de epilética, não poderia me definir, que aquilo era só mais um fator na soma que me fazia uma pessoa complexa, era aquilo que nos tornava seres únicos e atraentes.

E também insuportáveis.

Tentei mudar de assunto, disse que queria transformar meu quarto. Ele me disse com todas as letras que meu maior problema não era a epilepsia, muito menos o quarto.

— Então qual é meu maior — alonguei bem o maior — problema, doutor?

Ficamos dois ou três minutos nos olhando, mudos. Até que eu desviei o olhar pra prateleira de livros que dividia o ambiente das poltronas de um ambiente com uma escrivaninha.

— Tu sabe.

A Joana tinha ido num festival em Curitiba pra ver um show da Björk, convidou o Davi e acho que nem cogitaram me fazer o convite, mesmo que eu negasse, mesmo que eu desse risada da cara deles, mesmo que fosse só por educação. Foram sem mim, sem nem me contar. Quando voltaram, me disseram que eu precisava ouvir Artic Monkeys. "Não, obrigada", eu disse, e fechei a cara por alguns meses. Depois daquela conversa, eu comecei a namorar o Antônio. Perguntei se ele queria namorar e ele disse que sim. Simples. Nada complicado. Como se aquele ato pudesse provar pra mim mesma que eu funcionava bem. Ele tinha feito um blog sobre epilepsia. No blog, dava contatos de médicos e pesquisadores, copiava trechos de artigos sobre tratamentos e descobertas, relatava as crises e falava do medo de voltar a tê-las e de como, em algum momento, precisaria se livrar daquele medo para viver melhor. Ele escrevia de um jeito divertido. Me disse que fumava maconha de vez em quando, pra escrever. E porque tinha pesquisado sobre tratamentos alternativos com canabidiol. Eu fiquei horrorizada e muito curiosa. Mas foi outra coisa que ele disse que mudou o rumo da minha vida. Ele disse que eu precisava arranjar um trabalho. Me disse bem secamente que eu era uma desocupada e que, se eu tivesse um trabalho, uma rotina, minha vida poderia ser bem melhor.

— Eu fui numa palestra sobre autonomia e segurança e tô escrevendo pro blog sobre isso agora. Acho que seria ótimo pra você.

Ele tinha toda a razão. Por que eu não tinha um trabalho? Nunca tinha me passado pela cabeça e me agradou muito a chance de mudança. Na hora eu não disse nada pra ele. Mudei de assunto.

— Sabia que tem um relógio no túmulo do Ian?

— Um relógio?

— É. Achei bem estranho. Por que alguém deixaria um relógio de presente para um defunto? Mesmo que fosse um defunto famoso?

O Antônio ficou mais surpreso com o fato de que ninguém tivesse roubado o relógio.

— Mas quem roubaria presentes de um morto? Num cemitério?

— Qualquer pessoa, Maria Fernanda!

Ele disse aquilo rindo muito e arrastando o erre do "qualquer" e do "Fernanda", daquele jeito carioca, que eu achava até mais esquisito do que bonito.

Depois eu falei pros meus pais que queria trabalhar.

Ainda não consigo acreditar que precisei pedir e que eles, a princípio, não ficaram muito contentes com a ideia, mas no final cederam.

— Emprego?

— É. Um trabalho. Normal. Todo mundo tem.

— Mas no quê?

— Sei lá. Eu vejo isso aí e digo pra vocês.

— Emprego?

— É.

— O.k., o.k., acho que pode ser bom isso aí, não acha, Sônia?

— Acho que sim.

— Acho que eu tenho vinte e sete anos quase e nunca fiz nada. Não é justo nem comigo nem com vocês — disse essas palavras com uma voz tão autônoma que me assustei um pouco. Era aquilo amadurecer? Tarde. Talvez estivesse podre. Talvez fosse uma segunda safra.

— Pois é, de repente é uma. Tu faz alguma coisinha assim. Eu vou falar com umas pessoas.

— Com a Jaque, de repente?

— Quem é Jaque? — interrompi a conversa que se instalava entre os dois.

— Uma amiga nossa, vai na loja sempre com o cachorro pra tirar foto.

— Sei quem é. A médica.

— Vamos ver isso aí, Sônia — meu pai disse isso com um meio sorriso pra minha mãe. — Pode ser uma boa.

Eu fiquei olhando os dois trocarem umas palavras como se elas fossem de uma língua estranha. "Trabalhar. Nossa filha quer trabalhar." Até sorriram durante a janta. Até eu sorri. Senti um contentamento tão grande. Uma coisa simples, parecia que a partir dali as coisas poderiam mudar, andar em outro ritmo. Eu sentia, sentia uma coisa boa crescer dentro de mim.

Me arranjaram um trabalho de secretária no consultório pediátrico da Jaque, amiga também dos pais da Joana. Era pra ser temporário, pra ver se eu me acertava.

Acabei ficando.

Talvez porque ela tenha gostado mesmo de mim, talvez porque tenha sentido pena. Talvez as duas coisas.

Ela me tratava bem. O serviço era fácil e não era preciso ser genial para abrir e fechar uns arquivos, anotar dados sobre pacientes e atender telefonemas. Era preciso ser organizada e competente o suficiente para não confundir nomes nem datas e para, de vez em quando, organizar pais e crianças na sala de espera. Aquele se tornou meu único objetivo. Não tive problema nenhum. Durante aquelas horas, a sensação de normalidade me aliviava. Eu podia existir. Ali eu exercia uma função e aquilo me deixava animada.

O consultório cheirava a madeira. Eu ficava sentada atrás de um balcão com uma mesa, assim os pacientes só podiam ver o topo da minha cabeça, podiam ver a haste acolchoada dos meus fones, sempre tortos, porque uma das orelhas ficava meio descoberta. Às vezes eu nem ouvia música, só deixava os fones abafar o mundo, junto com toda aquela madeira. Os acabamentos do balcão, das mesas, das cadeiras, das portas e até da lata de lixo eram dourados e vermelhos. A Jaque deve ter gastado uma nota em decoração, por que não comprava um computador? Eu fazia tudo na mão. Todos os registros eram guardados em arquivos pesados e grosseiros, que ficavam atrás de mim e que contrastavam com tudo.

Foi a Jaque que me passou o contato dos médicos que trabalhavam numa pesquisa sobre epilepsia na PUCRS em Porto Alegre. Também foi ela quem começou a dizer para os meus pais que eu precisava ser mais independente e que eu precisava tomar minhas próprias decisões. Era engraçado como eu ficava sabendo que essas conversas aconteciam longe de mim, que meus pais agiam como espiões e pediam relatórios à Jaque. Depois ela me contava tudo e dizia que não queria constranger meus pais, mas que logo teria que adverti-los. Meus pais perguntaram para ela sobre a pesquisa e a cirurgia e ela disse, muito honestamente, que minha vida poderia melhorar bastante.

Se eu não morresse na mesa de cirurgia.

Meus pais ficaram apavorados.

Eu fiquei apavorada.

Mas depois ela disse que seria um pouco difícil que algum médico aceitasse me operar, visto que eu *parecia* ter uma vida sem maiores impedimentos. Parecia? Fiquei pensando que talvez a Jaque não prestasse muita atenção em mim.

Trabalhei o verão todo. Entrei o ano cheia de pensamentos confusos e vontades que surgiam do nada e para o nada se dissipavam, me deixando instável e ansiosa.

Numa manhã fria de trabalho, nos dias iniciais do inverno, em que a gente sai despreparado para as intempéries, antes de atender o primeiro paciente ela parou na minha bancada e, batendo com a caneta na agenda, me olhou por dentro, como se me revirasse, e disse que meu problema não era aquilo que eu pensava que era, mas que eu certamente daria conta de resolvê-lo, no momento certo, assim que o enxergasse. Puxei meu cabelo e amarrei para trás num coque até bem executado e perguntei a ela qual era o meu problema.

— Que idade tu tens, Maria Fernanda?

— Vinte e oito.

— Parece que tens menos.

— É, as pessoas dizem.

— Tu te divertes?

Me escondi atrás do silêncio, porque não sabia o que responder. Ela repetiu:

— Tu te divertes com teus amigos? Com tua família? Tu fazes coisas que te deixam bem? Tu gostas de te maquiar, por exemplo? Te arrumas? Não tô dizendo que tu não te arrumas, tô só perguntando se tu gostas, às vezes, de dar uma caprichada, quando vais sair. Entende?

— Sair?

Deixei minha cara se esmagar entre as minhas mãos, cotovelos apoiados na mesinha e o silêncio na frente de tudo. Olhei pra ela de baixo pra cima. Eu queria falar. Ela mexeu a boca fechada de um lado para outro, ergueu e baixou as sobrancelhas como se estivéssemos numa espécie de comunicação telepática.

E foi atender os pacientes.

Fiquei lá na minha mesa, abrindo e fechando arquivos, lendo e relendo o nome dos pacientes, olhando fotos e aprendendo sobre os problemas de cada criança, enquanto tentava enxergar qual era "o meu problema". Dei play nos fones e começou a tocar "Guilty Partner". *I'm not some kind of foolish lover.*

A Joana às vezes aparecia no fim do dia e a gente voltava juntas pra casa. Quase sempre caminhávamos em silêncio. Às vezes falávamos poucas coisas sobre o nosso dia, às vezes repartíamos os fones de ouvido. Desde aquela briga estúpida não nos falávamos direito. Mesmo assim, nos víamos. Eu sentia uma estranheza entre a gente. Tenho certeza de que ela também. Uma estranheza que crescia com a gente, que se estendia pelo nosso itinerário. Que se espichava dentro de uma vontade de contato e acabava desfiando, deixando um monte de pontas soltas.

Em casa, sentei na beirada da cama. Meu diário, que era mais um caderno de notas esparsas, estava ali em cima. Abri. Anotei: "Qual é o meu problema? Meu problema é".

Completei com alguns riscos. Fechei e esqueci.

Bizarro triângulo

Abri o pacote do correio: uma caixinha envolta num papel de presente com motivos festivos, uma fita vermelha.

O Antônio e eu, eu e o Antônio.

Junto uma foto tirada da tela e montada toscamente nos espelhava.

Eu não estava bem com aquilo, queria terminar aquele relacionamento, que de uma hora para outra passei a achar ridículo. Meu interesse no Antônio, nas histórias dele, nas pesquisas dele tinha começado a perecer. Eu fui levando, primeiro a amizade, depois o namoro esdrúxulo que no início eu escondia e que depois eu meio que usava como escudo de normalidade. Olha, eu tenho um namorado. Repeti aquela frase até eu mesma acreditar. Levei por quanto? Dois anos?

A minha família toda sabia que eu tinha um namorado "no computador", mas eles demoraram pra entender que ele era uma pessoa real, com quem eu dividia coisas importantes da vida. Minha mãe e meu pai não davam muito crédito, mas estavam felizes porque eu estava menos mal-humorada, menos intolerante e menos agressiva.

— Ela anda mais animadinha, mais ocupada!

Minha mãe tentou explicar à minha avó, mas ela não fez nem questão de compreender. A minha avó era um ser de outra galáxia, que vinha nos inspecionar uma vez por ano e olhe lá. Ela dizia "visita". Eu dizia "suplício". Suplício porque com ela vinham minha tia, meu tio e duas primas mais novas e mais realizadas que eu. Daquela vez, escolheu o meu aniversário de trinta anos. A mãe comprou um bolo. Achei estranho. Não tinha me avisado que eles viriam. Não chamei ninguém. Trinta anos. Sempre pensei como seria chegar aqui. Bem antes pensava nos vinte. Perdi o interesse. Cheguei aos trinta meio amortecida. Não parecia ter importância.

— Aniversário sem bolo não dá!

Minha tia pensava como a minha mãe, portanto, se eu estava mais "ocupada", era bom sinal. Minhas primas mantinham certa distância fria, porque eu era a "prima esquisitona", a "prima doente", a "prima bizarra".

O cacete.

Esquisitas eram elas, com aquelas caras forçosamente adultas e seus comentários sobre a faculdade e sobre noivos, comentários que vazavam como uma gosma e se transformavam em "tu também vai encontrar alguém para ficar junto, Nandinha", como se eu fosse uma criança grande e precisasse ser tratada com alguma distinção. O bolo infantil, garantido em cima da hora, o fato de eu não ter chamado ninguém, o agravante de minha mãe ter armado uma "festinha surpresa", tudo contribuía para que elas montassem um quebra-cabeça tosco da minha vida.

Aí eu mostrei as fotos do Antônio.

— Este é o teu namorado da internet?

— É. Mas ele não é da internet. Ele mora no Rio. Até nome ele tem. É Antônio.

— De onde que ele é? — inquiriu uma delas, incrédula.

— Do Rio, Rio de Janeiro.

— Ah.

— Quantos anos ele tem?

— Vinte e seis. Não, acho que é vinte e sete.

— Ele é mais novo que tu!

— E faz quanto tempo que vocês namoram?

— Dois anos.

— Tudo isso?

— Legal. E tu vai pra lá? Ou ele vem?

— Não sei. Não falamos sobre isso ainda.

— Não? Vocês nunca se viram de verdade?

— Claro que já nos vimos de verdade.

— Mas se tu nunca foi e ele nunca veio, como se viram de verdade?

— Pela webcam.

— Como vocês namoram? — ela disse entre risos.

— Como assim?

— Vocês nunca se beijaram? — uma das primas disse aquilo já meio rindo, enquanto a outra, acreditando que ninguém notava, acotovelou a primeira.

Eu não soube o que responder.

Quer dizer, eu sabia o que responder, mas não conseguia, porque era uma obviedade brutal: nunca tínhamos nos tocado. Aliás, fora um selinho na sétima série, eu nunca tinha beijado ninguém. Dezoito anos depois do selinho eu nunca mais tinha me envolvido com ninguém. Minha língua paralisou, pesada atrás da boca, caindo para sempre dentro do meu corpo, me enrolando por dentro como uma serpente, que apertava mais e mais toda vez que eu tentava escapar.

Desculpa. Me desculpa.

* * *

Minhas primas me olhavam com mais constrangimento do que medo ou qualquer outra coisa. Minha tia e minha mãe me erguiam do chão, enquanto minha avó rezava baixinho para que o demônio saísse do meu corpo e falava para a minha mãe:

— Sônia! Tem que levar essa guria na igreja e não nesses médicos. Falta Deus nessa casa! Misericórdia.

Uma mancha vermelha se formava nas minhas calças. Poderiam me parabenizar agora, mais uma vez.

A volta era sempre engraçada, porque dava pra mais ou menos entender o que acontecia ao redor, mas parecia tudo muito difícil de palpar. Aceitei com uma mão muito incerta o copo d'água oferecido por uma das primas.

Desculpa. Me desculpa, mãe.

Quis deixar claro, mesmo que involuntariamente, que me sentia mal apenas pela minha mãe.

— Fazia algum tempo que não tinha dessas, hein? — Minha mãe falava manso comigo enquanto arrumava meu cabelo.

— Está tudo bem. Tudo bem. Já passou. Será que precisamos marcar uma consulta extra com o dr. André?

— Quê? — Eu emergia lenta para a vida em família e a preocupação da minha mãe soava um exagero.

— Com o André, filha, o que tu acha?

— Pode ser.

— Tu tá tomando direito os remédios?

Minha mãe perguntou como quem percebia que algo estava fora da ordem. Não respondi. Deixei ela, minha tia, minhas primas e minha avó no vácuo. Logo que deu, saí andando com a madeira do assoalho estalando atrás de mim.

O Antônio e eu, nas nossas pesquisas, descobrimos que algumas pessoas estavam retirando aos poucos os medicamentos das suas vidas e substituindo por uma mistura de magnésio e valeriana, somada a uma alimentação "rica em nozes e atum". Fazia mais ou menos um mês que eu comia quase que diariamente nozes e atum. Tinha emagrecido bastante, até porque o magnésio e a valeriana me faziam cagar muito todos os dias, o dia todo, umas três vezes no mínimo. No sétimo dia da dieta eu cortei a dose do anticonvulsivo pela metade e, no décimo, para um quarto. Esporadicamente, dava umas tragadas num baseado que o Antônio mandou me entregar. Como ele fez aquilo, eu não sei. Sei que chegou um cara lá no consultório dizendo que tinha uma encomenda para mim. O Antônio já tinha me dito que mandaria. Chegou numa quarta. Levei pra casa e, depois que me despedi da Joana, fui nos fundos da casa e dei duas tragadas. Normal. Não me senti mal. Nem bem. Entrei, sentei na cama e ali fiquei meio letárgica, até a mãe me chamar pra jantar. Fazia uns três dias que eu não tomava nada da medicação.

Foi a primeira vez em anos que tive uma crise tão forte.

Uma semana e quatro crises depois, na consulta com o André, ele cogitou trocar o remédio, então eu tive que contar o que tinha feito.

— É claro que uma boa alimentação, exercícios e qualidade de sono podem melhorar a tua vida. Mas nunca sem acompanhamento. Não se faz isso, Maria Fernanda. Não se pode fazer isso. Foi muito irresponsável.

— Foi a crise dos trinta.

A graça ficou perdida entre nós. Depois ele me perguntou de novo se eu queria ir conversar pessoalmente com um amigo dele sobre a pesquisa e os procedimentos para a cirurgia. Disse também que aquele era um processo demorado e que, dependendo do caso, podia ser feito pelo sus, mas eu teria que passar por uma avaliação e entrar num grupo de pesquisa.

— Pode demorar. A avaliação vai ser longa e chata, com certeza, e a espera pode dar em nada.

Mas ele me disse que ainda assim valia tentar.

— Se tu tá tentando coisas absurdas e sem fundamento, por que não tenta algo mais sério?

— Vamos ver.

— Não faz mais isso. Eu não vou contar pros teus pais, primeiro porque tu é adulta e capaz de tomar tuas próprias decisões, e segundo porque eu não quero criar um caos na tua vida familiar, mas, por favor, não faça mais isso. Posso confiar?

Voltei pra casa e dei de cara com um pacotinho sobre a mesa da cozinha.

— Isso aí tava no chão, embaixo da pia, só achei porque fui ver o cano aqui, tu repara se não vai mais vazar.

— Reparo.

— Foi seu namoradinho da internet que mandou isso aí naquele dia, não é? — disse meu pai, tentando fazer assunto.

— Acho que sim. Obrigada, pai.

— O que que é?

— Não sei, eu não abri.

Namoradinho da internet, realmente ele era um namoradinho da internet. Três anos. Um e meio de amizade e conversas e quase dois de namoro. Depois de tudo isso, ele era ainda um namoradinho da internet. Um namoradinho da internet que tinha me apoiado numa decisão idiota para parar de tomar a medicação, um namoradinho idiota que também tinha me mandado achar um emprego, um namoradinho idiota cuja boca eu nunca tinha beijado, nem sequer tocado, um namoradinho idiota da internet, um namoradinho que eu nem queria ter, um namoradinho que tinha me mandado um presente. Um namoradinho ausente. E eu ignorava ambos.

Abri enfim o pacote e encontrei uma caixinha de joia.

Pensei em terminar com o Antônio naquele dia. Naquela hora, sem nem abrir o presente. Podia apenas deixar de falar com ele. Será que ele sentia a mesma coisa que eu? Será que eu era a namoradinha da internet? Será que eu era a única? Será que ele não fazia aquilo por pena? Será que tudo aquilo não era um teatro ridículo? Um teatro dele, meu, de todos?

Minha respiração começou a pesar como se eu estivesse puxando argamassa em vez de ar.

Tateei a mesinha buscando meus fones *every time I think of you I feel a shot right through into a bolt of blue it's no problem of mine but it's a problem I find living a life that I can't leave behind* pensei que fosse ter uma crise epilética, mas não.

Tive uma crise de choro.

Não sabia o que fazer com aquela caixinha, não sabia o que fazer com o Antônio, não sabia o que fazer com os remédios, com meus pais, com minhas primas que, recém-saídas da asa da minha tia, tinham mais autonomia que eu. Não sabia que espécie bizarra de controle eu tinha sobre mim mesma que me fazia não viver, não experimentar. Não lembrava de ter chorado daquele jeito nunca na vida. Até ali, naquele ponto da minha vida, aquele choro tinha sido recalcado até o último pedacinho de desejo de saída.

Meu pai me olhava inerte com o pano de prato numa das mãos e uma caneca na outra, a boca torta pra baixo e os olhos arregalados de pavor.

Abri a caixa.

Era um relógio.

Um relógio de borracha.

Verde.

Não marcava as horas.

Apenas dizia: IT'S NEVER TOO LATE.

there's no sense in telling me the wisdom of the fool won't set you free but that's the way that it goes and it's what nobody knows

Eu chorava coisas velhas, chorava proibições construídas, fantasmas, anos perdidos, terras não pisadas, a rapidez do tempo, a ausência do amor.

— Tu quer que eu chame a tua mãe?

Limpei o ranho na camiseta e disse que não, que tava tudo bem. Mas não tava. Eu era uma mulher de trinta anos. Uma virgem de trinta anos. Uma coisa com trinta anos de existência.

Ele não fez mais nenhuma pergunta. Só ficou secando a caneca com uma dedicação impressionante. Acho que não sabia como sair dali, como se desmaterializar. Não podia entrar em contato com essas sensibilidades.

Nem eu.

Fui para o quarto, onde chorei minhas cicatrizes todas, chorei o tombo na pistinha de bici, chorei meus colegas rindo de mim quando me viram na escola pela primeira vez depois de uma crise, chorei não ter autonomia, chorei o Antônio, chorei ser uma doente, chorei não saber nada da vida, chorei não saber tocar violão, chorei minha irritação, minhas mentiras, chorei meus destaques no folheto, meu fracasso completo, minha desistência. Chorei o que passou, soterrado, arrastado, amortecido pelos remédios, pelo recalque. A virgem de trinta anos. Não é que eu não sentisse, que não tivesse desejos, eu só não sabia administrá-los. Então eu ignorei o tempo, ignorei os ritos. Fui estocando tudo num lugar bem fundo, sem fresta ou possibilidade de fuga. Tudo controlado. Uma caixinha para cada dia da semana que se abria para mim com um, dois ou três comprimidos. Minhas mãos tremiam, minhas pernas tremiam, minha barriga subia e descia conforme o ar entrava e conforme eu o expulsava em violentas expirações.

Chorei tudo pra fora.

E depois parei.

E pensei na Joana.

and everyday my confusion grows

Pensei na Joana segurando a minha cabeça, pensei na quentura das pernas da Joana, na quentura das mãos dela, e fui me acalmando.

every time I see you falling I get down on my knees and pray

Eu pedi que alguma coisa me iluminasse naquela hora, que eu, pelo amor de deus, entendesse e aceitasse e conseguisse talvez um dia falar sobre todas as coisas que sentia, pedi que ela também sentisse um pouco do que eu sentia e que tivesse mais coragem do que eu para dizer algo a respeito.

I'm waiting for that final moment you say the words that I can't say

Queria sair correndo dali daquele chão e encontrar a Joana. Abraçar a Joana e continuar chorando pra não precisar explicar nada.

Parei de novo. Me acometeu uma vergonha imensa de mim mesma.

Esfreguei a manga nos olhos e no nariz e pensei: pra que chorar tanto?

Pensei, ali deitada, de fones, ao lado da minha cama que ainda era a mesma de quando eu era adolescente, num quarto que pouco tinha mudado. As paredes não tinham mais pôsteres simplesmente porque eles tinham caído. A colcha da cama tinha sido trocada porque a velha estava puída, os brinquedos tinham desaparecido porque minha mãe os tinha doado, mas a cortina ainda era a mesma e os móveis ainda eram os mesmos. Entre as tábuas do chão havia provavelmente a mesma sujeira de anos antes, a mesma que empoeirava os meus pensamentos, meus desejos. Eu vi a mostrenga bizarra que minhas primas viam quando me olhavam.

Eu não tinha vivido.

Tinha?

Quando era pequena e ficava doente, tinha a impressão de que as coisas aumentavam de tamanho e que eu diminuía. Sentia meu corpo caindo nas frestas das tábuas do chão.

Eu estava presa naquelas frestas. Sem histórias para contar. A não ser a da volta perfeita na pistinha de bicicross e o fato de ter ido quebrada ao concerto da Ospa. Depois disso tudo girou em torno da doença que não era demoníaca, dizia meu folheto, mas acabou sendo. Abri a porta do armário, também o mesmo, encarei o folheto desbotado, semipregado na parte de dentro da porta. Peguei um pincel atômico e comecei a riscar:

A EPILEPSIA ~~NÃO~~ É UMA DOENÇA ~~MÁGICA, NEM SAGRADA, NEM, MUITO MENOS,~~ DEMONÍACA. ~~ELA É UMA DOENÇA~~ NEUROLÓGICA ~~COMUM. A EPILEPSIA NÃO É UMA DOENÇA CONTAGIOSA. ELA É APENAS O~~ PRODUTO DE DESCARGAS ANORMAIS DE CÉLULAS NERVOSAS NO NOSSO CÉREBRO. A EPILEPSIA É ~~UNIVERSAL. ELA ACOMETE PESSOAS DE QUALQUER FAIXA ETÁRIA E DE TODOS OS PAÍSES. A EPILEPSIA NÃO PODE SER VISTA COMO~~ UMA CATÁSTROFE. ELA É UMA CONDIÇÃO QUE TEM TRATAMENTO ᴹᴬˢ ꜰᴏᴅᴇ ᴄᴏᴍ ᴀ ˢᵁᴬ ᵛᴵᴰᴬ ~~E QUE NA MAIOR PARTE DAS VEZES É BENIGNA. A PESSOA COM EPILEPSIA É UMA PESSOA NORMAL. ELA PRECISA SEGUIR AS INSTRUÇÕES DO MÉDICO, COMO QUALQUER UM DE NÓS. A EPILEPSIA POR SI SÓ NÃO~~ GERA DESADAPTAÇÃO SOCIAL. A SUPERPROTEÇÃO DOS PAIS ~~EM RELAÇÃO À CRIANÇA~~ PODE LEVAR A ALTERAÇÕES DE COMPORTAMENTO E PERSONALIDADE, TORNANDO A ~~A CRIANÇA,~~ ᴾᴱˢˢᴼᴬ, ᴾᴼᴿᴿᴬ ~~FREQUENTEMENTE, SOCIALMENTE ISOLADA, DEPENDENTE E~~ INSEGURA. ~~NA MAIORIA DOS CASOS BEM CONDUZIDOS,~~ A EPILEPSIA ~~NÃO~~ LEVA A PROBLEMAS ESCOLARES. ~~COM DIAGNÓSTICO E TRATAMENTO ADEQUADOS, APROXIMADAMENTE 80% DAS CRIANÇAS TERÃO SUAS CRISES CONTROLADAS COM UM MÍNIMO~~ DE EFEITOS INDESEJADOS. ~~ISSO LHES PERMITIRÁ ACESSO A UMA VIDA NORMAL.~~

Eu tinha acreditado tanto naquele papel, que minha vida tinha adquirido as dimensões dele. E pior, agora, trancada num armário. Finas ironias da vida.

Eu ri com o nariz e um monte de ranho saiu.

Limpei de novo na manga.

I feel fine and I feel good I feel like I never should whenever I get this way I just don't know what to say why can't we be ourselves like we were yesterday troquei a camiseta e fui até o banheiro lavar o rosto. Por sorte, não encontrei ninguém no caminho, ninguém pra ver minha cara vermelha, inchada. Liguei o computador e tinha uma mensagem do Antônio, pedindo para chamá-lo quando estivesse online.

Eu chamei.

ANTÔNIO DIZ: oi! Aconteceu alguma coisa? Vc se atrasou. Sabe o que eu tava fazendo? Um twitter! Quer fazer uma conta? Vou migrar. Orkut já era. fb é chato.

NANDA DIZ: sei lá… pode ser.

ANTÔNIO DIZ: o que foi?

NANDA DIZ: nada.

ANTÔNIO DIZ: tudo bem???

NANDA DIZ: tudo e aí?

ANTÔNIO DIZ: por acaso tu recebeu meu presente de aníver já?

NANDA DIZ: recebi sim. Obrigada. Gostei muito.

ANTÔNIO DIZ: espera vou te mandar o link do twitter. Eu tô ótimo.

NANDA DIZ: nem precisa, eu já achei… legal…

ANTÔNIO DIZ: o q tá acontecendo? Tá chateada com alguma coisa?

NANDA DIZ: não.

ANTÔNIO DIZ: posso te ligar? Na câmera.

NANDA DIZ: não, acho melhor não.

ANTÔNIO DIZ: =~(

NANDA DIZ: melhor não, Antônio. Melhor a gente parar com isso.

ANTÔNIO DIZ: parar com "isso" o q?

NANDA DIZ: sei lá... esse teatro, esse namoro estranho em que a gente nunca se viu de verdade, em que nunca nem sei a temperatura da tua pele, por exemplo.

ANTÔNIO DIZ: eu posso ir praí. Já te disse que quero, mas vc diz que é complicado. O q é complicado exatamente? Eu posso ir amanhã até, se tu disser VEM.

NANDA DIZ: não.

ANTÔNIO DIZ: não? Vc só vai dizer "não"?

NANDA DIZ: não. Não é tudo. Eu queria dizer mais coisas, mas não agora. Agora eu não consigo, desculpa. Só não quero mais isso. Vou desconectar aqui e nos falamos mais tarde.

ANTÔNIO DIZ: Nanda, não me deixa aqui sozinho! Vamos conversar.

NANDA DIZ:

ANTÔNIO DIZ: Nanda, podemos ver o que está errado, sei lá, vamos conversar. Eu posso ir praí, já falei pra vc, não tem problema, podemos tentar conversar, sei lá.

ANTÔNIO DIZ: o que vc acha?

ANTÔNIO DIZ: Nanda?

ANTÔNIO DIZ: o que você acha?

ANTÔNIO DIZ: o que vc acha?

ANTÔNIO DIZ: Nanda???

Dei play novamente *I'm not sure what this could mean I don't think you're what you seem* senti minha coxa direita tremer. Respirei fundo. Senti tremer novamente e um frio pesado parou na boca do meu estômago. Respirei devagar e sacudi a cabeça em negativa. Eu não queria ter uma crise. Não. Senti a perna tremer de novo e lembrei que tinha colocado o celular no bolso.

Eu tinha ganhado um celular de aniversário, com um cartão dizendo: "De repente 30! É hora de ter um celular. Antes tarde do que mais tarde", ganhei da Joana e do Davi. Eles estavam cansados de ligar para a minha casa e ninguém atender o telefone.

— Queremos poder te encontrar no pátio também! Na venda, na esquina!

Rimos disso.

Eu não ia muito longe mesmo, e quando ia, todos sabiam onde estava.

Era o nome da Joana piscando no visor *I do admit to myself that if I hurt someone else then I'll never see just what we're meant to be* ignorei. Ela tentou de novo. Ignorei mais uma vez. Eu não queria falar com ninguém. Fiquei pesquisando e resolvi fazer uma conta @epilepsydancer. Já tinha. @epilepsydancer_nanda. Pronto. Minha perna tremeu novamente e então veio a mensagem: COMO ASSIM, TU TERMINOU COM O ANTÔNIO???

Como assim que o Antônio tinha falado com a Joana sobre mim cinco minutos depois que a gente tinha terminado? Como assim que ele tinha ido justo falar com a Joana? Como assim que ele teve a ideia genial de estragar o que eu tava conseguindo aliviar? Joguei o celular numa das gavetas da cômoda e avisei para a minha mãe que ia tomar um ar na rua, que não iria longe e que qualquer coisa estava com o celular.

Fui andando até minha antiga escola. Agora havia aulas no turno da noite, na minha época não. Depois andei até um boteco da rua principal. Olhei para dentro, estava cheio de estudantes e velhos clientes velhos. Olhei com mais afinco para ver se encontrava o Davi em alguma mesa e, na terceira vez que movi os olhos, avistei uma mão lenta subir e me acenar e depois descer e coçar a cabeleira cachopuda que agora o Davi cultivava. Ele estava confuso.

— Tá fazendo o quê, aqui?

— Vim dar uma volta.

— Uma volta, Maria Fernanda? Quer me engambelar?

— Quase não te reconheci sem a camiseta do Nirvana, aliás, quase não te reconheço com essa camisa verde de botão. Não usa mais preto?

— Pare com essa cachaça.

— Na verdade, eu vim aqui para começar com essa cachaça. — Apontei o copo dele.

— Maria Fernanda, que cara é essa? Que foi que aconteceu? Quer ir até em casa conversar?

— Não, Davi. Quero conversar aqui. Tomando uma porra de uma cerveja ou sei lá o que é isso aí que tu tá tomando.

— Uísque. Eu não tomo cerveja.

— Eu já te vi tomando cerveja.

— Aqui eu não tomo cerveja, quis dizer, aqui eu tomo uma bebida que faz as pessoas me respeitarem como eloquente doutorando de jornalismo que sou.

— Sei. Aliás, parabéns.

— Obrigado. Ah, detalhe, bolsa integral.

— Que bom, Davi. Vai largar a *Gazeta de Campo Bom*?

— Vou ter que, mas não é o trabalho dos sonhos.

— Sim. Então, posso tomar uma cerveja?

— A cerveja não é muito gelada aqui. Quer ir pra outro lugar?

Os amigos do Davi perguntaram se ele não ia apresentar a amiga, e disseram "amiga" num tom meio sacana que nem eu nem ele achamos engraçado.

— Apresenta a amiga, negão.

— Tu tá querendo que eu vá embora porque tá com medo que eu tenha um ataque epilético aqui na frente dos teus amigos — todos da mesa nos olhavam —, aliás, oi, pessoal, eu sou a Maria Fernanda, amiga de infância do Davi.

Recebi uns ois entre animados e constrangidos. Lembrava de uma ou duas daquelas pessoas, mas não fiz questão nenhuma de forçar a minha cabeça. Sentamos a uma mesinha de canto, perto da porta. O Davi acenou para os amigos como quem pede para aguentar um pouco.

— Eu já deixo tu voltar pra lá.

— Traz uma cerveja, Joca. Tu vai beber cerveja quente, lamento. Que foi que aconteceu?

— Terminei com o Antônio e ele foi falar com a Joana.

— Terminou com o Antônio? Como assim?

— Não é tão difícil de entender, Davi. Difícil é entender por que eu continuaria com o Antônio dois anos... namorando à distância...

— Mas...

— Tu tem mesmo algum argumento?

— Não. Na verdade sempre achei estranho tu namorar o Antônio. — Fez aspas no ar em "namorar".

— Não entendi as aspas.

— Nanda, tu nunca namorou ninguém. Nunca te vi com ninguém, nunca nem demonstrou interesse por ninguém. Nunca teve porra de intimidade com alguma pessoa. Parece que tu tentou te proteger das coisas com o Antônio e acabou se envolvendo afetivamente de alguma forma. — Esticou o "a" de "forma" procurando o que dizer.

— De alguma forma — estiquei o "a" também —, que forma?

— Estranha, digamos.

— Estranha. Aceito. Sou estranha.

— E não me surpreende ele ter falado com a Joana.

— Por que não?

— Porque ela é a tua única amiga, será? — E fez uma pausa. — E porque tu fala muito dela.

— Como assim, falo muito dela? De que jeito?

— Como, como assim? De que jeito?

— Falo dela como? — Eu não quis explicar muito.

— Olha, toda vez que tu contava que tinha falado com o Antônio, e poucas vezes tu nos contou sobre o que falava com ele, ou era sobre música ou era sobre epilepsia ou era sobre o que tu e a Joana tinham feito.

Tomei um gole de cerveja. Comecei a puxar pela memória as nossas conversas e me dei conta de que o Davi tinha razão. Era lógico ele falar com a Joana de cara. Eu é que tinha dado um salto de imaginação e pensado que ele pudesse desconfiar que eu estivesse apaixonada pela Joana. Todos falavam comigo cheios de dedos. Eu era esquisitona, e me tratavam como tal. Tomei um segundo grande gole.

— Verdade. Duas verdades.

— Que duas verdades?

— Sobre o Antônio ter ligado para a Joana e sobre essa cerveja estar quente.

— Eu avisei.

— Tu tem twitter?

— Tenho, lógico. E faz tempo.

— Eu fiz um. Qual é o teu? Vou te add.

— Seguir. Follow.

— Tanto faz.

— É arroba jornaleco underline quente.

— Sério?

— Claro que é sério. Acompanhando os tê-tês bê erre. Nem perguntei.

— Tá bem. Preciso ir embora. Disse que ia dar uma caminhada na rua e que tava com o celular, mas estou bebendo cerveja quente num bar chinelo e deixei o celular em casa.

— O quê?

Eu sabia que o Davi ia me repreender, porque era isso que todos faziam. Zelavam pela minha segurança sem fim e por aquilo que acreditavam ser o meu bem-estar. Hoje, não. Hoje eu estava para me sentir aliviada, e se precisasse dizer essas coisas doloridas, eu diria.

— O quê, o quê, Davi? Pelo amor de deus. O quê, o quê?

— Mais respeito com o meu bar aqui. Chinelo é nada. Vá pra casa do caralho. — Riu.

Também ri, aliviada.

O Davi virou as costas e continuou bebendo com os amigos e eu voltei pra casa.

Técnica

Tinha um cachorro machucado, chorando e uivando na minha rua. Fazia uns dez minutos que eu olhava pela janela, e ele lá. Abri a porta de casa e saí chutando umas pedras sem querer.

— Ninguém vai atender esse bicho?

O cachorro se assustou, ergueu as orelhas, mas não saiu do lugar. O cara do armazém largou a cuia e ofereceu ajuda. Examinamos o bicho, manso, querendo ser cuidado. Tava com uns bernes na coxa. O cara disse que ia levar no veterinário. Fiquei surpresa.

— Esse cachorrinho apareceu tem uns dias, deve ser de alguém e fugiu. A gente dá comida e água.

— Nunca tinha visto por aqui.

Eu ajudei o cara a atrair o bicho pro carro com um pedaço de carne que ele abocanhou inteiro. Por um momento, pensei que poderia ficar com o cachorro. Era um vira-lata magrinho, amarelo e cinza. O homem me agradeceu. Acho que era a primeira vez que alguém me agradecia por algo que eu tinha feito espontaneamente. Talvez fosse a primeira vez em anos que eu realmente ajudava alguém. "De nada", eu respondi, e ele disse: "Beleza pura".

Na avenida onde terminava a ruela da minha casa, passou um cara de roller. Fazia anos que eu não via um roller. Passou rápido, desenhando curvas no asfalto. Fiquei com muita vontade de saber patinar. Não de aprender, não de empreender tempo e exercício na ação, mas de saber já. Olhei para trás, meio hesitante, mas minhas pernas meio que foram andando. Meus pés foram se descolando do chão cada vez mais rápido. Entrei na ciclovia, comecei a correr. Olhei as árvores, jacarandás, ligustros, salgueiro, as palavras brotavam. O valão fedia. Nos últimos anos, as fábricas tinham emporcalhado o arroio. Olhei as rachaduras do chão. Eram muitas as raízes arrebentando a calçada. Olhei meus tênis, não eram tênis próprios para correr. Pensei que aquilo poderia ser alguma coisa minha. Em vez de um animal, uma prática, sei lá. Ninguém precisaria saber. Desacelerei e fui caminhando até o centro. Entrei numa loja de calçados e escolhi um. A vendedora disse que era um ótimo modelo para corridas.

— E é lindo! Tá apertando o dedão? — Amassou a ponta mole e não encontrou nada.

— Não. Tá ótimo.

Saí com eles nos pés. Meio correndo, meio caminhando. Os tênis velhos na sacola da loja. Eu sabia correr, era só prática, técnica. Um minuto de corrida, caminhada, depois três minutos, caminhada de novo. Eu sabia como fazer. Uma senhora passou por mim e disse que era um ótimo dia para fazer exercício, que ela também estava dando sua caminhada diária. Me senti normal, fazendo coisas comuns, conversando com estranhos. Cheguei em casa. Antes de entrar, fui até a garagem, encarei a porta de madeira, abri. Um cheiro forte de mofo veio lá de dentro. Puxei a cordinha da lâmpada, mas a luz não obedeceu. Fiquei parada naquela escuridão até que os olhos se acostumassem. Na parede do fundo, onde meu pai guardava caixas, peças de carro e uma mesa carcomida de pingue-pongue, enxerguei a sombra da minha bicicleta. Cheguei um pouco mais perto. Olhei novamente, mas não estava mais lá. Tateei pelos lados e nada. Puxei mais uma vez a cordinha da lâmpada e tudo se iluminou. Não estava mesmo lá. Desde quando? Entrei em casa pela porta de trás. Tomei um banho demorado. Deixei correr a água. Olhei minhas coxas. Pernas de rã. Passei sabonete nos braços, no rosto. Olhei o bico dos meus seios. Olhei minha barriga reta, pele esquisita no ventre. Encarei meus pelos. Passei a mão neles, entre as pernas. Deixei os dedos escorregarem um pouco mais para dentro de mim. Água corrente morna. Apertei a mão. Desliguei o chuveiro. Saí. Me sequei com calma. Jantei com meus pais. Comemos sanduíches e tomamos refrigerante. Conversamos sobre trivialidades. Meu pai disse que tava com frieira e minha mãe disse que ele sempre tinha frieira no início do verão. Fiz cara de nojo pra minha mãe e nós compartilhamos uma risada e até nos tocamos. Meu pai fez de conta que não gostou. Assistimos um programa bobo na televisão. Ganhei um beijo de boa-noite. Que dia estranho, que dia extraordinariamente simples.

Desculpa. Me desculpa.

Abri os olhos. Era o mar. Ou o céu. Algo que atrapalhava minha visão dos carros, algo leve que contornava a dureza do mundo. Espremi as pálpebras. Uma mulher com um lenço azul me dizia que tudo estava bem, me perguntava o nome e se podia ligar para alguém, tudo ao mesmo tempo.

— Já chamei o Samu, moça, não se preocupe.

O lenço fazia umas ondas bonitas no ar.

— Mãe?

Fechei e abri os olhos mais algumas vezes até a nata escorrer, entendi o dia, na hora em que o lenço voou para longe. A moça agachada esticou o braço inutilmente, o lenço volteou até o meio-fio, do outro lado da rua. Sua mão ainda fazia um suave apoio para a minha nuca. Acompanhei com os olhos limpos. As pessoas passavam meio assistindo, meio com medo de ajudar. Um homem parou e perguntou se precisávamos de algo. Tirei meu celular do bolso. Sentei sem dizer muito.

— Obrigada.

Naquela semana tive crises diárias e o André insistiu que eu fosse ver o médico amigo dele em Porto Alegre. Fomos eu e minha mãe.

— Nós vamos ver isso aí, Maria Fernanda, o amigo do André vai dar um jeito, tu vai ver.

— O.k. Vamos ver.

Remoção de um ponto específico do cérebro ao menos dois remédios testados avaliação neuropsicológica pré-cirúrgica encontrar o foco epiléptico investigação clínica eletroencefalograma e ressonância nuclear magnética videoeletroencefalograma alguns riscos e sequelas teste do amobarbital sódico intracarotídeo fundamental avaliação neurofisiológica ressonância magnética funcional até mesmo para evitar perda de memória associada a tumores alterações do cérebro que são de nascença acidentes porque sua vida deixaria de ser entrecortada tomografia por emissão de fótons tudo isso é feito aqui e acompanhado por uma junta.

Dessa maçaroca de informações, o que eu consegui reter foi: é preciso ter uma indicação de tratamento e apenas pacientes nos quais a medicação não faz efeito são candidatos. O resto parecia uma cascata de gosma em que eu me debatia sem conseguir subir nem afundar. Minha mãe perguntou algumas coisas no meu lugar porque a minha boca apenas se mexia, sem que nenhum som saísse dela.

— Tu toma só uma medicação hoje, né?

Não respondi.

— Sim. Ela tava tomando só um. De manhã e de noite.

— Tu quer fazer alguma pergunta, Fernanda? — o médico, que parecia boa gente, me disse com uma cara confiante.

Umas palavras caíram desajeitadas sobre a mesa.

— As crises, elas somem de vez?

— Bem, cada caso é um caso. O que se espera é que as crises fiquem mais raras e depois cessem. Esse acompanhamento pode levar em torno de dois anos e durante esse tempo tu continuas a tomar a medicação. Depois avaliamos se é possível retirá-la aos poucos. No melhor cenário, o tempo é mais curto, bem mais curto. Durante esses dois anos, a gente te monitora.

— O.k.

— Mais ou menos setenta por cento dos pacientes operados ficam livres de crises, ou seja, se curam.

— Se curam?

— É. Outros vinte por cento apresentam redução drástica de crises ou manifestam apenas algumas crises de ausência bem esporádicas, e em apenas dez por cento dos casos não se obtém resultado positivo.

Coloquei meus fones *our lives still change from the way that we were and now I'll tell you something I think you should know*. Voltei de Porto Alegre muda. E fria. Acho que minha mãe meio que chorava. Eu não queria perguntar nem dizer nada, muito menos consolar alguém. Eu não estava animada, nem sei o que sentia. Encostei a cabeça no vidro da janela e deixei tremer. O asfalto passava rápido com faixas amarelas e mato e terra e meus olhos tremendo num reflexo do qual metade eu via, metade me escapava. Deixei tremer. Fechei os olhos. Tremer por dentro. Deixei sacudir bem as ideias. Era bom sentir o mundo vibrar, sentir o chão daquele jeito parecia novo. Tateei o banco à procura da mão da minha mãe. Encontrei. Sempre encontrava. Estava sempre por perto, pra me virar quando preciso, pra marcar médico, fazer um sanduíche, encomendar um bolo tosco, pra todas as coisas estava ali. A mão dela também tremeu. E o que eu já tinha feito por ela?

— Vai dar tudo certo, tu vai ver. Vai dar tudo certo.

Ergueu minha mão e deu um beijo bem carinhoso. Nos olhamos. Talvez pela primeira vez em muito tempo.

Adormeci no ombro da minha mãe. Incrivelmente tranquila, me deixei cair ali naquele abraço, protegida da velocidade das coisas, minha mãe acariciando meus cabelos.

No dia seguinte chamei a Joana para conversar.

— Cirurgia?

— É.

A Joana ficou quieta por fora. Mas os olhos enormes mexiam rápido, como os de quem tenta acompanhar pensamentos que não se completam, como os de quem tenta acompanhar uma nuvem de poeira.

— E tu vai fazer?

— Acho que vou — silêncio demais, tentei confortar a Joana, que parecia incomodada —, mas tem um monte de exames e avaliações antes de ir de fato pra faca, vai demorar.

— Mas e aí? Mas como é isso? Mas e tu vai ter que — mexeu os olhos de novo —, me explica melhor.

Falei tudo misturado pra Joana. Tudo como eu tinha ouvido, animada e apavorada com aquelas possibilidades que se apresentavam. Fui falando meio como aquela gosma que o médico largou em cima de mim, meio que fui despejando, meio que vi os ouvidos dela se enchendo e transbordando, vi os olhos dela marejando e então parei.

— Que foi?

— Mas a cirurgia é na cabeça?

Eu nunca tinha visto a boca da Joana tão esticada para baixo e as sobrancelhas tão esticadas para cima. Comicamente, "The Killing Moon" no rádio fazia tudo parecer mais dramático do que realmente era.

— Joana, ninguém morreu aqui. E, sim, é na cabeça, parece que epilepsia é na cabeça, né? Não é uma facada! São médicos, com apetrechos médicos, de luva e tudo.

Tentamos rir. Afundamos no *fate up against your will.*

— Tá, eu sei. Mas e esse lance da memória?

— Sei lá. Eles fazem isso há um tempão. Uns dez, sei lá, quinze anos, é muita gente, ele disse que é muita gente, devem estar acostumados. A novidade é só pra mim, não pra eles, sei lá.

— Eles quem?

— Os médicos, Joana!

A Joana ficou toda murcha. A cara espichou mais.

— Tá, mas tu não é nenhuma dessas pessoas.

— Como assim?

— Eu sei que é muita gente. Mas tu não é muita gente, tu é tu. Minha tu, Nanda. Não é um número.

— É. Não mesmo. — Ela havia dito minha tu, o que aquilo queria dizer? Minha tu, senti uma pontinha de felicidade me fincando o abdômen. — Sabe quais foram as palavras mágicas que me fizeram prestar atenção no que ele dizia, enquanto me cagava de medo de ouvir?

— Quais?

— Reinserção social.

— Mas o que isso tem a ver?

— Como, o que isso tem a ver?

— Não sei. É que, eu não.

— Ah, pelo amor de deus, Joana! Pelo amor de deus que tu não acha que tem algo errado comigo, que eu não sou toda estranha, toda errada, que sou um atraso e não presto pra nada, pelo amor de deus que tu não vê isso.

— Mas eu não te vejo assim, Nanda.

— Tu tem pena de mim? Tu acha que eu sou assim porque eu quero? Porque eu gosto de ser dependente, de não poder fazer bosta nenhuma? Não acha que eu não queria ter terminado a escola direito? Feito faculdade, sei lá, ou outra coisa da vida? O Alexandre disse que eu era uma retardada social e emocional. Ele tava certo.

— Eu não quis dizer isso. É que reinserção social soa forte demais.

— Tu acha que eu gosto de viver com a bosta desses fones nos ouvidos? Que não é pra me esconder dos outros, pra não falar das minhas coisas? Não acha, Joana, que eu tenho coisas pra falar? Acha que eu sou essa coisa superficial? Patética? Essa monstra bizarra incapaz? Essa criança grande que não entende nada da vida?

— Para de dizer isso. Não é verdade.

— E qual é a verdade? Me conta.

— Não, é que, Nanda, não sei, reinserção social, sei lá, parece que tu é, não sei, não é bem assim.

— Tu acha que não é bem assim? Se tu não consegue conversar sobre os teus sentimentos, Joana, tu imagina eu, que fico nessa lava, nessa areia movediça, atolada, afundando. Puxando quem tá comigo.

Despejei um monte de informações em cima da Joana. Cheguei a usar palavras que pareciam ter saído da boca do Davi, como "patética" e "leviana". Eu nem sei por que eu falei todas aquelas coisas para a Joana, acho que nem foi pra ela que eu falei. Eu disse aquilo tudo pra mim mesma, disse pro mundo, talvez.

— Do jeito que tu fala, parece que nem tu reconhece o que tu vive. É claro que tu não é superficial, que tu vive real, já fez coisas.

— Ah, tá bom, e qual foi a grande coisa que eu fiz?

— Não tô falando de grandes feitos. Eu também nunca fiz nada de importante. Tô falando de coisas normais, da vida, com as pessoas.

— Sério que tu acha, por exemplo, que eu quis namorar o Antônio daquele jeito? Acha que eu nunca quis te falar coisas que nem eu mesma sabia, sei, sabia o que eram?

— Que coisas?

Vomitei palavras antigas.

Falei qualquer merda sobre qualquer dia ou noite.

E depois juntei qualquer dado relativo à cirurgia.

— Depois de anos, setenta por cento dos pacientes se curam mesmo, mas talvez eu tenha que tomar essa porra pra sempre!

— Mas qual é o problema com o remédio? Às vezes as pessoas têm que tomar remédio por um tempo, às vezes a vida toda. É assim. Tu acha que eu não tenho que tomar umas bostas também? Pra sair do buraco em que me enfiei?

— Cara, mas tu não vê que isso me deixa abobada? Tá temperando meu cérebro pro cozido da epilepsia. Tu acha que eu perco o controle só durante as crises? Eu não tenho quase nenhum controle da minha vida. Me diz o que eu fiz até agora, Joana? O que eu fiz sozinha?

— Eu também tenho minhas questões sobre as quais não sei falar e tenho que achar o caminho, como todo mundo, sabe, o mundo não gira ao redor do teu umbigo. E como acha que eu fico quando a minha melhor amiga não me ouve?

— Fora que a minha memória parece um labirinto fatiado, eu começo num lugar e de repente tô em outro e nem sei por onde passei. Eu não me lembro de grandes períodos da nossa amizade e, às vezes, não sei se algo aconteceu ontem ou há cinco anos. Eu queria que alguém reencenasse a minha vida pra eu poder assistir.

— Realmente, tu não me ouve.

— Eu não consigo nem me ouvir, como vou compreender os outros se eu não sei nem onde eu tô?

— Escreve.

— Mas o quê?

— Escreve. Tu não tem uma porra de um diário?

— Tenho.

— Leva ele a sério e escreve.

— Mas eu escrevo.

— Escreve mais. Escreve todo dia. Escreve tudo o que tu sente e escreve tudo o que tu lembra. Misturado. Escreve.

Joana, se tu soubesse que eu escrevo, sim, e muito, e que na maioria das vezes eu escrevo para fazer sair esse nó *confusion in her eyes that says it all she's lost control* feito de vontade e medo e de mais vontade e impossibilidade, se tu soubesse *she gave away the secrets of her past and said I've lost control again* se tu soubesse quantas vezes o meu descontrole foi despejado aqui no caderno com letra garranchada e rabiscada por cima, pra esconder, pra fingir que, dentro da minha apatia diária, tava tudo normal. Normal? O que é normalidade? *and she turned around and took me by the hand and said I've lost control again* eu não acredito que todos pensam que meu normal é isso que eu mostro por fora. Eu não acredito que ninguém nunca conversou comigo a fundo. Eu fico pensando que talvez tenha sido por isso que o Ian se matou, não pela porra da doença, mas pela falta de compreensão, pela falta de curiosidade, pela falta. Falta. Falta tanto. Falta tanto pra mim. Falta te dizer que eu.

— Eu escrevo, Joana. Eu vou escrever mais.

— Me mostra?

Fiquei olhando pra cara da Joana, pensando se era séria

mesmo aquela demanda. Me mostra? Se eu não conseguia me mostrar, o caderno era justamente um lugar seguro, isolado, a que só eu teria acesso.

— Tá louca?

— Por quê?

— Por quê? — arremedei.

— É. É um jeito de eu saber como é pra ti. E como tu é de verdade, já que tu tá me dizendo que eu tô errada. Que eu não te vejo.

— Não é bem isso.

A Joana chegou bem perto de mim, ergueu a mão e arrumou meu cabelo para trás da orelha. Depois passou os braços por trás das minhas costas e deitou a cabeça no meu ombro.

Era exatamente sobre aquelas coisas que eu escrevia. Sobre as noites que passávamos juntas, sobre a vez que ela me socorreu, sobre como eu a amava, sobre como mantínhamos essa amizade que era profundamente amorosa, e na mesma medida silenciosa, porque não nos dizíamos coisas importantes. Por exemplo, eu sabia que a Joana estava namorando, mas ela nunca me disse nada sobre o namorado. Era a primeira vez que ela namorava alguém a sério. Parecia que um tabu tinha se instaurado entre a gente e esses assuntos tinham se tornado assuntos proibidos.

— Tu tá namorando?

— Quem te falou?

— O Davi.

— Ah… mas é uma fofoqueira.

— Tem problema eu saber?

— Não. É que eu não tô muito a fim.

— Então por que tá namorando?

— Encheção de saco lá em casa.

— Como assim?

— Ah, Nanda. Sei lá se *eu* quero começar *esse* assunto.

— Que assunto?

— Dessas coisas, de namoro e, ai ai ai, eu não sei, sabe?

— Não.

— É que, sei lá, é difícil. Meus pais tão me cobrando, porque, segundo eles, eu *tenho* que ter um namorado, porque já tenho quase *trinta* e nunca apresentei ninguém em casa. Eles começaram a ir na igreja, não me pergunta por quê, eles nunca foram de ir na missa. Sabe a igreja que abriu naquele pavilhão abandonado onde era o antigo cinema?

— Sei.

— Reformaram tudo.

— Sim.

— Enfim, umas coisas pesaram lá em casa. Fora que eles querem que eu vá pra conhecer. — Fez aspas em "conhecer".

A Joana levantou ligeira, esfregou as duas mãos na cabeça, como se quisesse mexer as ideias dentro.

— Que merda.

— Já que a gente tá se abrindo aqui. Ai, que caralho, não sei se é boa ideia, não sei se.

— O que é, Joana?

Andou com os olhos meio vagos e meteu um murro na porta do armário que afundou a madeira *and she showed up all the errors and mistakes and said she's lost control again but she expressed herself in many different ways until she lost control again and walked upon the edge of no escape* eu tomei um susto e congelei olhando para as juntas dela que começaram a inchar e sangravam em pequenos arranhões.

— Acho que eu sou gay, Nanda.

Eu fiquei olhando pra Joana sem acreditar.

— Lésbica, acho que é isso que eu sou. Acho, não. É isso. Sempre foi. Sempre vai ser. Já peguei. — A Joana parou.

Fiquei olhando sem acreditar que aquilo tinha realmente saído da sua boca. Senti aquela aura de crise me rondando, a cabeça formigando, fiquei olhando pro nada, e a Joana bateu com as mãos nas pernas e disse, meio com uma voz engasgada, meio com uma frustração ressentida nos dentes, que era uma hora muito apropriada pra que eu tivesse uma crise de ausência.

— Não estou em crise. Só não. — Parei, porque a frase não achou caminho nem construção dentro de mim.

— Por favor, Nanda, diz aí alguma coisa.

Eu tinha um engasgo tão grande no fundo da goela, que nada saía, nem gagueira, nem letra, nem ar.

— Tudo bem. Eu — parei de novo — é que não tava esperando isso.

— Por isso eu nunca quis te dizer nada, sei lá, fiquei com medo que tu relacionasse nossas coisas com isso, as vezes que a gente — ela parou —, aquela vez — respirou uma tonelada de ar —, achei que tu pudesse ter ficado meio. — Desistiu.

— Não, não, não pensei nada, não. — Parei, claro que eu tinha pensado em tudo aquilo.

— Sei lá, eu pensei muito. Como é foda, porque eu fiquei tentando namorar uns caras mas nunca deu certo, porque não tinha como dar certo, né? E com as gurias sempre tinha essas brincadeiras nas festas, bebedeiras, beija uma, beija outra, e agora teve a Sara e ficou um pouco mais sério. Eu acho que posso ter machucado a guria, fui muito irresponsável, covardona.

— Sara?

— Cara, minha mão.

Ignorei o nome. O que era um nome? Nada. Não era nada. Não era uma existência física, não poderia ser. Era só um nome sem rosto, sem desejo algum. Sara. Nada. Não era nada. Sara. Joguei a foto imaginária de Sara num picador de papel também imaginário. A foto estourada. Sem imagem.

— Vamos lavar isso e pôr um gelo.

— Acho que vou embora, faço isso em casa.

— Tem gelo aqui.

"Tem gelo aqui" foi a coisa mais estúpida que eu podia ter dito. Não tinha gelo. Tinha uma quentura presa, uma felicidade doída que nascia entre os pedregulhos da minha vontade. Eu senti um troço me cavar o peito, não era ruim, era inusitado. Peguei a mão da Joana, a mão toda fodida da Joana, peguei como se fosse a coisa mais preciosa do mundo, e torci a boca para o lado, respirando fundo.

— Vamos lavar isso. Vem.

— Tá bom.

Ficamos em silêncio molhando os ferimentos, limpando o sangue, lavando as mãos delicadamente e nos livrando dos pesos que carregávamos. Eu queria cuidar da Joana, queria mostrar pra ela que eu podia cuidar dela.

Seis meses depois, eu estava novamente segurando a mão da Joana, cagada de medo numa sala do Hospital São Lucas, esperando para fazer a ressonância magnética funcional.

— Pra ver onde a coisa tá? Como assim? — ela me perguntou novamente.

— É porque tem que localizar a parte afetada pra retirar.

— E daí vão tirar um pedaço do teu cérebro?

— Exatamente. Mas dizer isso assim, na minha cara, é meio crueldade, Joana.

— Desculpa. É que eu não tô sabendo o que dizer e falo bobagem.

— Obrigada por ter vindo comigo. Vir só com a minha mãe teria sido meio triste. Ela fica segurando o choro, parece até que tô indo pro cemitério, e eu fico mais borrada de medo ainda.

— De nada, mas não acho que isso aqui esteja muito diferente. — Apontou para uma lágrima que escorria e que foi engolida por um sorriso meio babado nos cantos.

— Pelo menos a gente tá falando sobre as coisas.

— De um jeito meio estranho.

— Do jeito que a gente fala sobre as nossas coisas.

Na sala do médico, depois do exame, a Joana não quis entrar.

— Lado direito do lobo frontal? Onde é isso? — minha mãe perguntou.

— Vou mostrar.

O médico acendeu a luz da mesa e o exame se iluminou. Ele apontou para o local, depois levantou da cadeira dele e andou na minha direção, colocou as duas mãos nos meus ombros e com uma caneta, mas sem me tocar, mostrou exatamente onde o troço aconteceria. Eu arrastei a cadeira com os pés.

— Tá, e daí?

— Bom, Fernanda, daí, na hora você vai estar em excelentes mãos, que já realizaram muitas vezes esse procedimento, e, com todos os exames que estamos fazendo, o risco é bem reduzido.

— Bem reduzido, mas não nulo.

— Nunca é nulo. Pra nada na vida.

Saí pálida da sala. Parecia ter visto um filme de terror. A animação do médico me fazia pensar que ele era um toxicômano sádico que mal conseguia esconder a felicidade e a fissura por querer abrir a cabeça de alguém.

— E aí?

Coloquei os fones e ergui a mão para a Joana em sinal de espera *grow up children don't you suffer at the hands of one another if you like a sleeping demon listen can you hear him weeping tears of joy and tears of sorrow* tirei o fone e respirei bem devagar.

— E aí, Nanda?

— Sei lá. Posso fazer essa porra. Não sei se quero. Mas posso, parece que é simples, e o risco é baixo. — Comecei a rir.

A Joana me abraçou.

— Faz essa porra, então.

Interlúdio

Joana me dá a mão enquanto a enfermeira administra o calmante. A enfermeira diz: "Isso é só um calmante, vai te relaxar". Eu tremo sobre a maca a ponto de fazê-la soar. Metais batendo no chão. Logo estarão batendo no meu crânio. Afastei o pensamento com as mãos e a Joana perguntou se estava tudo bem. Tudo bem, Joana. Respondi com um sorriso, sem dizer nada. Tudo bem, se eu não morrer. Não vou, prometo que vamos viajar juntas. Minha mãe e meu pai aparecem numa moldura velha. As bocas se mexem sem parar, mas eu não consigo entender nada. Eu digo que amo todo mundo. Joana sorri. Eu flutuo para longe.

De lado na maca, meus olhos colados a uma dificuldade imaginária. Eu sei o que vai acontecer. Eu já li este capítulo. Há tecidos azuis sobre meu corpo. Não são tão macios quanto o lenço da senhora que me acudiu. O médico a esta hora deve estar lavando bem as mãos. Eles precisam lavar bem as mãos. As deste médico tocarão partes do meu corpo que eu jamais tocarei. Teremos uma intimidade impossível. Ele se relacionará com meu corpo de um jeito que eu nunca poderei me relacionar. Profundamente. Estaremos ligados e assim eu vou saber sobre tudo. Agora devem estar raspando melhor meu cabelo. Perguntaram se eu queria tudo ou metade raspado. Eu sempre quis raspar a metade e nunca tive coragem. Quando a Geisa apareceu com a cabeça raspada por baixo do cabelo, todo mundo achou bacana, mas ninguém disse nada pra ela. Eu nunca falei muito com a Geisa, por que será? Agora tinha o cabelo mais audacioso que o dela e nem sei mais onde ela anda, se tem filhos, se teve que tirar a vesícula de tanto comer salsicha. Seu pai tinha um açougue. Uma vez, antes de tudo, antes da pista de bicicleta, quando nossa amizade era potencial e não impossibilidade, fomos todos à casa da Geisa fazer um trabalho em grupo. A mãe dela fez enroladinho de salsicha frito. Uma bacia enorme. Depois, todo mundo ficou com dor de barriga de tanto comer. A Geisa quis mostrar pra gente a câmara fria, pediu ao irmão mais velho, que nos levou por um corredor sujo, mandando a gente não fazer barulho pros cachorros não latirem pro pai deles não ouvir pra gente poder ver a câmara fria tranquilos. Aquela era a cidade mais quente do mundo, por isso a câmara precisava ser muito, muito fria, senão a carne estragava. Chegamos à porta, ele abriu. Entramos. A Geisa chamava as vacas de peças. Tinha duas peças penduradas, sem couro. Apontou para o lado e vimos a cabeçona de uma vaca com a língua para fora. O irmão bateu a porta e a gente começou a gritar. Demorou uns dez segundos para ele abrir novamente. Não tirei os olhos da cabeça da vaca. Olhos turvos. Cabeça pela metade. Cortada rente dos chifres. "É que tem gente que come o miolo", ela disse. Meus olhos turvos. O médico fazendo a incisão, percorrendo o desenho azul, as linhas no meu escalpo. Talvez eu raspe todo o cabelo depois. Eu não sinto os grampos que mantêm minha cabeça aberta, eu não sinto o peso que fura meu crânio, eu não sinto as mãos do médico dentro dos meus miolos. Como estarão meus olhos? Não são azuis como o lenço da Geisa? Vejo Joana na câmara. Ou é a sala de cirurgia? Joana afunda as mãos no meu crânio, seus dedos penetram minha cabeça, chegam a lugares escuros, minha câmara fria, Joana chega com seus dedos dentro de mim, dentro da minha cabeça, Joana toca onde jamais tocarei, onde nem o cirurgião conseguiu chegar. Lá ela chega. Onde nada existia antes e agora existem as mãos abertas de Joana, as mãos em concha, as mãos prontas para me segurar quando eu, peça, cair deste gancho. Mexo as pernas. Estou presa. Espero o gancho terminar de rasgar minha nuca, escorrer pelo meu escalpo, enredar-se nos meus fios de cabelos, e caio no piso da câmara.

Abro os olhos. Não posso falar. Será que já fui para a mesa? Será que deu certo? Não posso falar. Dor de cabeça. Queria que parassem de apertar minha cabeça. As mãos do médico ainda estão lá dentro, suas luvas de borracha esfregam meu cérebro. Partes ausentes.

Sismo.

Abro os olhos. Minha cabeça dói.

A tela de uma caixa cinzenta mostra algumas linhas que
imitam o impulso.

Da minha vida. Ameno. Constante. Um farol. Longe.

Emite um sinal para compreender meu interior abstrato.

Pulsar.

O diagrama palpitante da extinção da matéria.

Buraco negro.

Lateja. Meu sangue contra os espaços inocupados do meu
corpo.

Quando chegam nos becos escuros.

Susto.

A luz viaja bem mais rápido que o som.

Se eu gritar por socorro, talvez ninguém apareça, mas se eu
latejar, uma luz se registra.

Aquele diagrama é o de uma estrela. E sua morte.

Sua matéria luminosa se extinguindo.

Eu estrangulo a vida.

Linhas planas rasas ondas naufrágios.

Eu não sei o que poderia sair da minha boca caso eu tivesse
alguma voz.

O registro do agora.

O registro da vida no agora.

Planos traçados a serem cumpridos por desejo e necessidade.

Esses lugares onde ninguém nunca chegou.

Assim me fizeram.

É assim que me sinto.

Expansão de ondas chocando-se contra o meu corpo e também a favor. Potência energética num colapso gravitacional.

Pulso.

Prepare-se

Abro os olhos, mas não é fácil levantar. Tenho sono. Muito sono. A cabeça parece leve demais. Flutua pela névoa do quarto. Cortinas empoeiradas balançam levemente. Deve ter uma fresta na janela. Uma rachadura na parede. Um rasgo por onde certamente a luz entrará em minutos e arrastará o dia consigo. Os papéis ainda estão pelo chão, acho que dormi por cima de tudo. Tenho ainda algumas memórias. Lembro das fórmulas, lembro das regras, dos livros de literatura, da formação dos compostos, das moléculas, da aceleração e da força, das coisas que se ligam independentemente da nossa vontade. Meus olhos pesavam. Passei pelo café da manhã ainda sonolenta. Foi só uma lida rápida. Um lembrete. Funcionou. Acho que era algum tipo de defesa do meu corpo. O sono. Minha mãe disse que era para eu comer melão, cereais, tomar um café com leite.

— Eu detesto leite, mãe, você sabe. Depois ainda é capaz de eu ter uma dor de barriga.

— Não tome leite, então, que loucura que eu disse. Tô mais nervosa do que tu, Maria Fernanda.

Comi. Bebi. Abri o armário. Camiseta, calça, tênis, um moletom, para o caso de uma sala mais fria. Tudo certo.

Cheguei livre dos traumas ao prédio antigo. Trabalhei nisso também. Fui tranquila pelo caminho, sozinha. Refazer aquela trilha era parte de um longo processo de cura.

Sentei numa cadeira bem perto da porta. Precisava de ar. A sala de aula era tão familiar, parecia pequena, inofensiva agora. Entraram comigo mais trinta pessoas. Todo mundo tinha mais ou menos a mesma idade, alguns, como eu, pareciam mais velhos.

Fui direto na redação: "Efeitos da implantação da Lei Seca no Brasil". Que tema de merda. A primeira coisa que veio à minha cabeça foi: "redução das mortes provocadas por acidentes de trânsito". A frase veio pronta, condicionada a um formato de escrita dissertativa. Achei impressionante. Esses cursinhos funcionam mesmo. A segunda coisa que me veio à cabeça foi: "bem que eu poderia ter tomado uma cerveja para relaxar, já que ainda não sei conduzir nada direito mesmo". Ri.

Se eu passasse, nem sabia para o que poderia me inscrever. Pensei em farmácia. Psicologia. Letras, mas inglês. Geografia. Biologia. Biomedicina. Pensei em não passar também. Tudo bem. Nenhum problema. A vida é assim.

— A Maria Fernanda terminou o ensino médio, vai tentar o Enem.

— E pode? Nessa idade? Achei que era só estudante!

— Pode, sim, vó, aliás, não só pode, como vou fazer.

— Ai, que graça, a Maria Fernanda fazendo o Enem depois de velha.

— Mas bem que ela faz, tem que incentivar, não importa como, importa correr atrás!

Essa era a conversa que perpassava as linhas telefônicas e as visitas familiares não menos frequentes nem menos inconvenientes que de costume. Tudo o que a Maria Fernanda poderia fazer em atraso, depois de velha. E que temos que incentivar. Ela tem que correr atrás. Me ocorreu que algum dia eu desejaria correr à frente, correr de costas, talvez, olhando algumas coisas ficarem para trás. Só um tempinho. Depois, miraria o rumo e seriam só passadas largas até sabe-se lá onde. O futuro é seu, dizia o lema da faculdade onde eu tinha pesquisado os cursos.

Dois mil e treze foi um ano longo e estranho. Quase não falei nem com o Davi nem com a Joana. O Alexandre e a mulher estavam esperando o terceiro filho e eu não conhecia nem o Felipe nem a Eduarda. Com o Daniel não seria diferente. E tudo bem também. Não alteraria nada na minha vida.

O Davi estava enfiado até os cabelos nas manifestações. Largou o blog de música para fazer cobertura direta do Passe Livre. Andava pra cima e pra baixo com uma camiseta que dizia 20 CENTAVOS. A Joana estava envolvida com isso e com outras coisas e pessoas e ultrassecretas.

Eu acompanhava tudo pela internet. Mas era diferente. Não havia ansiedade alguma dentro de mim. A combinação dos remédios estava perfeita.

— Cara, a gente tomou bomba de gás. Não dava pra respirar.

— Vocês pegaram a Ipiranga ou voltaram?

— A gente voltou porque tavam apedrejando as lojas, quebraram a vidraça de uma concessionária.

Os dois riram.

— Quebraram? — perguntei.

— Não digo que não tenhamos juntado uma pedra ou outra, mas longe da gente fazer vandalismo.

— É, somos sempre da parte pacífica. A parte "senta no chão". — Joana revirou os olhos.

— Manifestações pacíficas.

— É.

O Davi, mais tarde, num bar, contou que tinha posto fogo

em contêineres de lixo e ajudado a virar um carro. Mergulhei na minha água tônica e logo sinalizei que iria pra casa.

A Joana tava em São Paulo em junho. Foi tenso.

— Vocês não têm noção da quantidade de gente. Não têm noção do tipo de polícia que se via. Teve uma hora que só foi fumaça e fumaça. A Mari tinha levado vinagre, a gente encharcou as camisetas e colocou assim — pôs a gola sobre o nariz —, mas não rolou. Tivemos que entrar num boteco, que baixou a grade. Ninguém conseguia respirar direito, pensei que a Mari fosse ter um troço. No outro dia, meus olhos tavam pegando fogo ainda.

Mari passou a ser um nome presente nas nossas conversas. Eu nunca perguntava nada sobre. Era muito esquisito. Me sentia distante. Mas era diferente. Não havia ansiedade alguma dentro de mim. A combinação dos remédios estava perfeita. Talvez aquilo fosse a reinserção. Atravessar uma fresta tão mas tão estreita que algumas coisas não passariam junto, só estaria comigo do outro lado o que eu conseguisse arrastar por força, jeito e muita insistência.

— Vai ter alguma coisa aqui?

— Aqui nesta vila de fim de mundo?

— É. Não vi nada nas redes.

— Eu vi. Vai ter algo, mas já tavam naquele papinho de "sem partido", no grupo. Disseram pra levar a bandeira do Brasil, tô achando tudo esquisito. E, depois, vi que tá marcado pra acontecer perto do clube.

— Achei que seria no centro, na praça.

— Não.

O Davi chegou lá em casa com um texto que ia largar numa mídia importante, leu um trecho.

— "Se pensarmos nos direitos humanos, nossas lutas deste junho de 2013 serão lembradas como um ponto de disputa pelo espaço público, pelas ruas. Serão lembradas como marco político de um exercício de cidadania. Nem tanto pela imensa adesão, nem pela reivindicação da importância do papel dos movimentos sociais, mas principalmente pela estratégia de reação das forças policiais. A truculência e a repressão por parte do Estado foram fatores constantes, revelando um grande problema de relações Estado-Movimentos Sociais. Isso se torna tendência e tem o apoio da Justiça, do Ministério Público e da grande mídia, que se isentou da investigação nos casos de abusos por parte da polícia. Até então, nenhum agente foi responsabilizado pelas agressões. Nosso grito de insatisfação precisa ecoar." O que vocês acham?

— Achei bom — Joana disse sem muita empolgação.

— Acho que tu perdeu o dom de usar palavras incomuns.

— Mas é que tem o calor do ocaso. Tudo ainda tá meio na pele, nos pelos. Mesmo com este sequestro ideológico.

— Pronto.

— Pronto, o quê?

— Tu precisa usar "sequestro ideológico". É ótimo.

— Verdade. E é isso.

Eu passei na prova com pontos suficientes para fazer fisioterapia, farmácia e química. Me inscrevi em farmácia. O Antônio mandou parabéns quando viu o post. Dois mil e catorze seria um ano desafiador. Joguei tudo para o futuro. Lancei as expectativas. Varri as esperanças. Fiquei só com a distância, preenchida com sensações de queda livre, que estremeciam minhas pernas nas horas mais impróprias. Parecia susto, mas era a vida. Era sequela ou trejeito novo. Não dava pra saber. Eu me sentia estranhamente leve. Mas era diferente. Não havia ansiedade alguma dentro de mim. A combinação dos remédios estava perfeita.

Aceitação.

Meus fones agora se entupiam de podcasts sobre aceitação, superação, agitação, meditação, constatação, conspiração, manifestação. Tudo dependia do meu estado de espírito *I stand accused of being me I believe in politics I believe in everything I believe this world of ours is giving me adrenaline* eu me vedava com os estabilizantes de humor e antidepressivos.

— É pra te dar uma força aí, Maria Fernanda, nessa volta do tratamento, que te fez bem, hein! Dá pra ver uma mudança bem significativa, não acha?

Tudo era imenso e possível.

Uma estranha forma de resignação se instalou nos meus olhos. Não que eu tivesse deixado de sentir as coisas. Mas era diferente. Não havia ansiedade alguma dentro de mim. A combinação dos remédios estava perfeita. O frio e o estremecimento continuavam lá. Mas pareciam mais distantes, menores, menos importantes, não tomavam tanto espaço dentro de mim.

Eram potências.

— Acho que vou sozinha até São Leopoldo fazer a matrícula.

— Tem certeza? Se quiser, vamos contigo — meu pai disse, entre uma colher de arroz e outra.

— A filha da Katita também tem que ir.

— Quem é Katita?

— Tu sabe, a guria da Katita, baixinha. Não quer ir com ela? Elas vão de carro, bem melhor.

— Pode ser.

Não era nada mau ter uma carona. A vida se apresentava daquela forma agora. Mesmo que meus passos fossem um pouco mais destemidos, mesmo que eu tentasse seguir por lugares desconhecidos, por caminhos cujas pedras ainda não estavam tão bem assentadas, alguém em algum lugar de algum jeito maluco verificava se aquilo poderia dar certo para mim.

— Mãe, o que tu acha de pegar um bichinho?

— Que bichinho?

— Um gato, um cachorrinho, tem pátio, seria legal pra vocês também?

Meu pai torceu o nariz.

— Mas no ano que vem, se tu começar a ir pra faculdade, não vai ter tempo de cuidar.

— Queria tirar a carteira.

— Pra quê? Teu pai acabou de vender o carro.

— Sei lá. Pra fazer alguma coisa.

— Por que tu não vai fazer a ginástica ali do lado, onde abriu o estúdio? Pode ir comigo e com a Jaque.

— Pode ser. Mas não era bem isso que eu tinha em mente.

— Eu vou pra praia com a Joana, esse fim de semana ela vai estar aí, faz tempo que não nos vemos.

— Tá bom.

— Vou largar o consultório da Jaque.

— Por quê?

— Pra procurar outra coisa, sei lá, não tô mais a fim de ficar lá.

— Mas vai largar uma coisa que é certa? Tu tá vendo como tá difícil de arranjar trabalho. As coisas não tão boas assim.

Andando pelo centro da cidade, percebi meus pés pesarem um pouco. Comecei a arrastar as pernas. Parei ao lado de um murinho que resguardava uma casa com jardim. Um murinho.

Que raridade. Puxei as pernas para dentro, tirei os sapatos e plantei as duas solas na grama. Aterrar. Simples. Conectar com a terra. Deixar a eletricidade vazar para dentro do mundo, sair de mim, escorrer. Eu não preciso de acúmulos.

Naquele minuto, com pés úmidos sobre a grama, deixo de existir. Olho para os lados, não há ninguém. Deito. A cabeça encontra respaldo na terra. Minhas costas entregues, extáticas, absorvidas pelo chão. Mexo o pescoço para liberar a tensão nos ombros. Solto o peso. Joelhos moles. Caio inteira numa trégua construída. Mas é diferente. Não há ansiedade alguma dentro de mim. A combinação dos remédios está perfeita.

Tomei uma garrafa de espumante no réveillon. Enterrei todas as cartelas de remédios no pátio, desejei saber que espécies de flores imperturbadas nasceriam.

Aos outros, desejei a calmaria daquelas poções.

A mim, desejei movimento.

Singularidade

Eu nunca tinha voado e não estava nem um pouco animada. Agravante: menti que ia passar o fim de semana na casa de praia dos pais da Joana, com a Joana e os pais. Só que eu estava na sala de embarque do Salgado Filho, nas costas uma mochila cheia de sei lá eu o quê, porque fiquei tão nervosa que nem sei se peguei calcinhas. Das coisas importantes, tinha meu diário na mão. A correntinha que eu não usava desde sei lá quando, achei que tinha que pegar, peguei, e meu relógio de borracha, pra lembrar: IT'S NEVER TOO LATE. Eu menti descaradamente para o meu pai e para a minha mãe e, ao mesmo tempo que me pesava no peito um sentimento de culpa, também me excitava uma liberdade besta. Parecia que a vida deveria sempre ter sido daquele jeito.

Depois da cirurgia, tive zero crises. Depois que enterrei os remédios, passei a tomar gotas homeopáticas e a fazer meditação guiada, às vezes funcionava. Às vezes eu caía num poço de ansiedade. Racionalmente, eu não tinha motivo algum para sentir medo, mas quem disse que o mundo, a vida e as pessoas são regidos exclusivamente pela razão? A cabeça é a rainha do corpo, controle de tudo. Pense bem antes de fazer qualquer coisa. Use a cabeça. Cabeça vazia, oficina do diabo. Cada cabeça uma sentença. Não é nenhum bicho de sete cabeças. Quando a cabeça não pensa, o corpo padece. Cabeça de bagre! Cabeça-dura. Sacudi a cabeça. Executei repetidas negações. Nada se dissipou. Dentro de mim equilibrava-se fragilmente um rodamoinho incômodo, feito uma bola de lã molhada que se desfazia devagar se expandindo pra ocupar todos os espaços do meu corpo. Um arrepio de coisa que não é pra ser, e a vida já parecia a mesma vida velha de novo.

Quando a voz anasalada da comissária chamou os passageiros do voo, entendi que não tinha mais volta. Minhas pernas começaram a tremer e eu não consegui levantar. Era um tremor diferente, eu estava consciente de todas as partes do meu corpo. Minha cabeça ainda estava estranha e leve. Comecei a piscar sem parar, piscar rápido por um minuto ou sei lá quanto. A voz da comissária chamou novamente os passageiros do voo e a fila começou a andar. Levantei.

A Joana e o Davi estavam indo a um festival de música em São Paulo, porque o Davi tinha que fazer uma matéria grande sobre o evento. Me torraram a paciência para ir com eles. Eu nem cogitei ir e disse que meus pais não deixariam. Também fiz questão de lembrá-los que poderiam ir sem me contar nada, como fizeram em 2008. Eu sabia guardar rancor. Algumas memórias se impregnavam em mim independentemente da minha vontade.

Depois pensei: tenho fucking trinta e quatro anos. Para onde o tempo tinha ido?

Nunca tinha entrado num avião.

Nunca tinha viajado sozinha.

Nunca tinha ido a um show.

Nunca tinha viajado para outro estado.

Nunca tinha feito um monte de coisas.

Eu me esforçava pra resolver meus problemas, mas eles ainda estavam lá, me olhando torto, apontando dedos e me dizendo que talvez fosse a hora.

Arrumei uma mochila, peguei meu dinheiro todo.

Eu não gastava nada. Meu dinheiro crescia e se multiplicava dentro do armário.

Eu não tinha nem a merda de um cartão de crédito. Liguei para a minha mãe avisando que ia passar o fim de semana na casa da praia da Joana. Ela concordou.

Eu nunca tinha mentido sobre nada muito sério, ela não teria mesmo motivos para desconfiar.

Enquanto caminhava na rua, comecei a ficar irritada. Chorei automaticamente. Umas lágrimas grossas escorrendo pelo rosto, sem que aquilo mudasse a minha expressão. Chorei como aos seis anos eu chorava com a história do acidente. Se tivesse sido uma filha independente, poderia ter feito muitas outras coisas além de trabalhar, voltar pra casa e ficar com cara de cu; porque eu queria muito não precisar de nada disso. Mas eu era um peso que estava sempre ali. Um trambolho velho que não se pode jogar fora. Desconforto molhado era o que saía dos meus olhos e, ao mesmo tempo, alívio. A cabeça sempre leve. As doses esquecidas.

Respirava fundo e soltava o ar com força pelas narinas, imaginando outra vida para todos nós.

Sequei a cara na manga. Soprei forte pra ficar normal de novo. O meu normal recalcado.

Entrei numa merda de uma agência de turismo. A loja era nova na cidade. Comprei uma passagem pagando com dinheiro. O cara me olhou torto, deve ter pensado: "Quem compra uma passagem pra São Paulo numa agência e paga com dinheiro hoje?". Mas o que aconteceu foi:

— Vou te passar com a minha colega, Eduarda, ela vai ver um preço legal pra ti.

— Oi, como é teu nome?

— Nanda.

— Nanda, pode me chamar de Duda ou de Eduarda, como tu te sentir mais à vontade. Quer um café? Uma água?

— Não — ela continuou me olhando como se ainda esperasse resposta —, obrigada.

— Então, o que tu quer?

— Uma passagem pra São Paulo.

— Pra quando?

Ela falava enquanto digitava muito rápido, sem parar; tive a certeza de que não escrevia nada com sentido, só um monte de letras. A demora fazia minha irritação voltar em ondas que impulsionavam minhas pernas para cima e para baixo, me fazendo dar pequenos saltos na poltrona.

— Pra agora.

Ela parou.

— Nossa — pareceu ter dito *nuossa* —, pra agora tu quer?

— Isso.

— Nossa, que inusitado. Gostei. Nem vou te perguntar nada apesar da curiosidade. Isso nunca aconteceu.

— Pois é.

— Vamos ver. Tem pra hoje às 15h35, o preço tá ótimo — virou a tela do computador pra mim, achei bom. — Tu tem que estar em Porto Alegre às 14h, consegue?

— Sim. São 11h.

— Tu vai sair direto daqui pra rodoviária?

Eduarda sorriu de um jeito que eu não consegui identificar.

— Sim.

— Nossa. Eu queria ser assim. Decidida. Tá de parabéns.

Poderia ser deboche daquela Eduarda. Mas, no fim, não era.

— Tu mora aqui?

— Sim.

— Desculpa, eu fui transferida, não conheço muita gente, então desculpa mesmo, mas será que tu poderia pegar meu telefone, não sei, ou me dar o teu? Se tu quiser, é claro. A gente poderia tomar uma cerveja. Mas não precisa. Nossa. Desculpa. Meus amigos dizem que eu não tenho muita noção.

Interrompi Eduarda com meu número, que saiu meio automático. Ela anotou sorrindo e disse que me mandaria uma mensagem.

— Pra registro.

E piscou. Voltei para a rodoviária com um boné enfiado na cabeça, algum dos amigos do meu pai, que sempre estavam por ali bebendo, podia me reconhecer. Comprei uma passagem para Porto Alegre e esperei vinte minutos pelo ônibus. Entrei, inspecionei para garantir que não houvesse nenhum conhecido.

Tirei o boné, fechei os olhos e respirei fundo.

A tela do celular mostrava um oi longo com uma carinha sorrindo. Não respondi.

Liguei para a Joana.

Ninguém atendeu.

Liguei para o Davi.

Ninguém atendeu.

Pensei no que tinha acabado de acontecer. Será que a moça da agência tinha flertado comigo? Eduarda tinha acabado de criar uma fissura num muro. Um sorriso escapou da minha cara. Fechei os olhos de novo e coloquei os fones *and all I wanna do is make the right impression the instrument of truth a soldier with no weapons* cochilei em cima da apreensão que estava sentindo. Que hora para não atenderem a bosta do telefone.

O sol e o toque do meu celular me acordaram. Era Joana, do telefone do Davi.

— Oi. Ligou?

— Oi, me arruma aquele ingresso que eu tô indo.

— Como assim, tá vindo? Desde quando? Onde tu tá? Para de sacanagem.

— Tô no ônibus pra Porto Alegre e pego o voo das 15h35 pra São Paulo, devo chegar aí pelas 18h onde vocês estiverem. Como encontro vocês?

— Davi! A Maria Fernanda tá vindo — barulho de cadeiras sendo arrastadas —, assim, tá vindo. Chega pelas 18h, tá indo pro aeroporto, onde vamos estar?

— Oi. — Era o Davi. — Como assim, tá vindo?

— Oi, Davi. Decidi ir.

— Seus pais?

Senti uma quentura no rosto. Se eu realmente fosse uma pessoa normal, essa pergunta seria ridícula. Engoli em seco.

— Eles não sabem.

— Quê?

— Não sabem e não vão ficar sabendo. Falei que ia passar o fim de semana na casa de praia da Joana.

Davi gritou para a Joana o que eu tinha acabado de dizer. Joana pegou o telefone.

— Tá louca?

— Louca eu tava na minha vida de bosta. Bosta, Joana. O que eu estou esperando pra mudar? Eu não posso ficar pedindo e esperando por autorização pra sempre. Eles precisam se dar conta disso.

— Aí tu mente e vai pra São Paulo pra eles se darem conta?

Joana não continuou o sermão do "tá louca" nem o do "seremos responsáveis por ti". Ela apenas disse:

— Tá, vem. A gente te espera. Estamos na casa da Mari, sabe, né? — Claro que eu sabia da Mari, era a guria que a Joana tava namorando fazia um ano. — Vou ligar para o Gabriel e dizer que não tenho mais o ingresso sobrando. Quer que a gente te pegue no aeroporto?

— Não precisa. Tu é a melhor.

— Teus pais têm facebook agora, né?

— Minha mãe tem, por quê?

— Vou pedir pro Davi apagar nossa foto. Acabamos de postar.

— Tô chegando em Porto aqui, vou desligar o celular pra garantir a bateria. Quando chegar aí, ligo. Me passa, por mensagem, o endereço certinho que eu vou anotar no papel, vai que…

— Certo.

— Então, até daqui a pouco.

— Tu não parece muito animada.

— Joana, eu tô cagada de medo. Eu nunca fiz nada sozinha.

— … — Ouvi a ansiedade da Joana.

— Vai dar tudo certo. Eu preciso disso.

— Te cuida, então, e até depois.

— Até.

— Te amo.

— Também te amo, mas para de dizer essas coisas como se fosse sério ou grave demais, parece que vou morrer por tentar uma única vez. O universo não pode ser injusto a esse ponto.

Ela riu. Eu ri.

— Verdade. Não pode.

Foi o pior voo da minha vida. O primeiro, único e, definitivamente, o pior. Uma mulher agarrada no meu braço ficava repetindo que o avião estava voando alto demais. Eu tentava ao máximo me concentrar num programa de televisão, num desenho animado, série antiga da Família Addams, quando a mulher me tocou perguntando como se colocava aquela telinha que mostrava o voo. Eu não sabia do que ela estava falando, mas deduzi pelos botõezinhos do menu.

Quando a turbulência começou, a mulher fincou as unhas no meu braço e disse com olhos arregalados que estávamos alto demais.

— Alto demais, moça, tá vendo?

O visor estava congelado na imagem do mapa e os números não aumentavam nem diminuíam. O aviãozinho estava parado sobre o estado de Minas Gerais.

— Por que nós estamos em Minas? Tem alguma coisa errada com este avião. Está alto demais, alto demais!

— Acho que é só a tua tela.

— Será? Está muito alto!

— É um avião. É bom que esteja alto. Melhor alto do que baixo.

Pela cara da mulher, vi que meu comentário não tinha ajudado.

Quando eu saí do avião, estava enjoada e com as pernas amortecidas. Fui direto para o banheiro. Me olhei no espelho.

Estava pálida.

Talvez fosse fome. O embrulho subiu para a garganta. Pensei que fosse vomitar. Molhei o rosto na pia, esperei alguns segundos de olhos fechados até a água escorrer. Me olhei de novo. Eu estava mesmo no aeroporto de Congonhas, sozinha, tinha mentido para os meus pais e já não importava se aquilo era certo ou errado, bom ou ruim. Era a primeira vez que eu me sentia realmente adulta e independente. Trinta e quatro anos. Era a realidade na minha pele, me causando enjoos e calafrios. Sorri para o meu reflexo. Ele sorriu de volta e eu me senti confiante.

Duas gurias entraram no banheiro falando muito alto sobre bandas e como seriam os shows, logo depois falavam no telefone com alguém chamado Camilo para confirmar sobre doces.

— Perdeu alguma coisa, gata?

Percebi que a ruiva falava comigo. Eu olhava fixamente para as duas no espelho, como uma criança que vê algo pela primeira vez e estranha.

— Não. Desculpa. Tô um pouco enjoada do voo. Zonza ainda.

— Nem me fale. Tu tava no voo de Porto?

— Sim.

— Gente, que voo horroroso.

— Pior *ever*.

— Ainda tinha uma mulher que gritava que o avião estava alto demais. Alto demais!

— Sim, sentou do meu lado essa aí.

— Mentira!

— Verdade.

— Mas ela é alguma coisa tua?

— Não. Quer dizer, não sei, talvez seja um carma.

As duas riram e me perguntaram se eu ia para o festival, eu disse que sim. Perguntaram onde ia ficar, eu tirei o papel amassado do bolso e li o endereço da Mari.

— Perdizes! Que maravilha! Vamos para lá também. Quer rachar um táxi? Sair desse aeroporto é uó, não tô a fim de ônibus, e se racharmos um táxi, fica bom.

— É uó — repeti, como se já tivesse passado por aquilo e como se conhecesse a expressão.

— Vamos?

— Vamos.

Peguei a mochila, coloquei nas costas. Enquanto uma delas terminava de conferir a maquiagem, a outra já estava na porta.

— Vai, bi, termina logo.

— Calma.

No táxi, minha atenção se dividia entre a avenida e as pequenas mãos de dedos finos e unhas vermelhas que se juntavam sobre o jeans da ruiva.

— Meu nome é Fernanda. — Engraçado, eu nunca tinha dito só "Fernanda".

— Ah, sim, que mal-educadas somos. Bárbara — apontou para si mesma — e Flávia — apontou para a outra, que tinha o cabelo mais maravilhoso que já vi, preso com um lenço verde de tecido.

— Prazer. Gostei dos alargadores, são que número?

— Vinte.

— E é difícil chegar aí?

— Nada. Tive a orelha rasgada numa briga na sétima série.

— A escola é sempre um trauma — eu disse muito naturalmente.

— É mesmo.

Que pessoa eu tinha me tornado?

— O que vocês vieram ver?

— Ai, tudo. O povo, a música, gente bonita, mulheres, o mundo girar. — Riram de novo, tive a impressão de que aquilo significava outra coisa. — E você?

— Principalmente o New Order, mas vim pra ver as pessoas também... mulheres.

Disse aquilo meio sem pensar e, logo que a frase saiu, senti um calor nas bochechas. Me senti idiota e ao mesmo tempo aliviada, porque era a primeira vez que eu verbalizava o desejo. Aconteceu. E foi para duas estranhas. Pareceu que elas notaram meu constrangimento e falta de trato, mas responderam com um sorriso de lábios esticados, sem mostrar os dentes.

Eu estava de tênis, um tênis normal preto, calça jeans reta, com bolsos laterais, porque pensei que poderia guardar coisas ali, e camiseta azul-marinho, sem nada de especial. Cabelos sem corte pra trás das orelhas sem brincos, sem furos já. Eu não usava maquiagem alguma, acho que nunca tinha passado um batom na vida, só manteiga de cacau.

Elas eram exuberantes.

Tinham tatuagens cheias de cores e os cabelos eram tão menos óbvios que o meu, que apenas crescia e escorria em direção ao chão.

Uma pergunta escorregou da minha língua:

— Quantos anos vocês têm?

Se olharam com o mesmo sorriso antes de me responder, poderiam estar arrependidas da carona. Pensei em justificar a minha falta de trato social contando que nunca tinha saído sozinha de casa, que era epilética e que tinha fugido para estar ali, por isso estava realmente muito animada, e que aquela era a minha reinserção social de fato e eu não sabia muito bem como me portar, além disso era a primeira vez que eu admitia para mim mesma que me sentia atraída por mulheres, *talvez eu seja gay, sabe, gente?*, pensei em tudo isso, pensei em dizer que era virgem ainda e que me sentia uma retardada emocional, porque, fora um selinho quando eu tinha onze ou doze anos, nunca mais beijei na boca, e que tive um namorado por quase três anos, só que foi um namoro virtual e o mais próximo que cheguei de sexo foi ver ele tocar punheta no MSN, *eu nunca nada nunca, entenderam?*, e, para além do contato social, eu sinto falta de contato físico, sinto falta de toque, e que, apesar dessa história miserável, nunca pensei em me matar, ao contrário, eu quero viver alguma coisa. Olhava para as duas com os dentes apertados, sorrindo, talvez, articulando as palavras em silêncio.

Ali naquele táxi, eu estava vivendo sensações diferentes pela primeira vez.

Senti uma dor forte acima do nariz e meus olhos se umedeceram um pouco. Limpei rápido na camiseta e continuei esperando a resposta delas. A cabeça girava e meu corpo vibrava de um jeito estranho, não era nada parecido com uma crise.

Era vida, será?

— Trinta — disse a ruiva, colocando um enorme brinco de banana na orelha.

— Trinta e cinco, e tu? — respondeu a outra, enfiando os dedos num cabelo airoso e corpulento.

150

— Trinta e quatro. — E de novo um comentário idiota: — Vocês parecem mais novas.

— Os trinta são os novos vinte, dizem.

— Deve ser isso mesmo.

Viajamos num silêncio compartilhado, diferente de quando eu me sentia isolada. Um silêncio entrecortado por comentários e risos e toques de mão que eu não cansava de observar.

— Pode parar na próxima esquina, moço. Nós ficamos por aqui. Anota o meu telefone, pra gente tentar se encontrar lá. Vai que.

— Claro. — Estavam sendo apenas gentis.

Peguei meu caderninho da mochila e anotei o número.

— Ah, o dinheiro! Quase esqueci! A caloteira. Toma aqui, e se precisar de algo, liga, tá?

— O.k., obrigada, até mais.

Será que tinham ficado com pena de mim? Por que me deram o número? Será que era mesmo para eu ligar? Será que era o número de verdade ou tinham me enganado com o número do Bozo? De um telepizza? Fiquei com aquela imagem estranha de que, se tentasse ligar, um palhaço velho, cocainômano, atenderia e não teria nem vontade de fazer uma piada, porque estaria cansado de receber aquelas ligações de engano.

Umas quadras e esquinas depois, e o táxi tinha chegado.

A Joana e o Davi acenaram da janela de um prédio antigo. Jogaram a chave. Subi.

— Nanda! Chegou na hora! Vamos ouvir *Singularity*! Conhece? Já ouviu?

— Oi, oi. Já ouvi, mas ouço de novo.

O Davi me ergueu num abraço orgulhoso e fraterno.

— E como foi a saga até aqui?

— Foi difícil, mas conto depois, tô morrendo de sede e queria esticar as pernas um pouco.

— Oi, eu sou a Mari. — Me deu um beijo no rosto. — Deixa eu colocar a tua mochila no quarto, aí você fica mais à vontade. Quer tomar um banho? Vamos ficar por aqui hoje, né, Jo?

Eu sei quem tu é. Só não sei quem é Jo.

— Acho que sim. Podemos pedir pizza, sushi, sei lá, e cerveja tem aí, só pegar na geladeira, tem suco também, pode tomar banho. Senta aí, deve estar cansada, quer uma água, quem sabe? Tu prefere pizza ou sushi, Davi? E tu, Nanda? Acho que eu e a Mari vamos comer sushi mesmo, né? Porque ontem comemos pizza, e também queria uma coisa leve, mas tô bem por vocês, o que quiserem, pode ser o que for mais fácil também, né? — A Joana não calava a boca, olhou para todos nós como se aquele "né" fosse uma boia salva-vidas.

— Eu aceito a água e o banho, no momento, e depois eu vejo o resto. — Puxei a corda em resgate.

— Eu te ajudo — disse a Mari.

— Não! Não! Eu ajudo! — gritou a Joana, e já marchou em direção ao banheiro.

A Mari parecia ser uma pessoa legal. Levou dois segundos para entender que havia alguma coisa errada com a Joana. O Davi estava com a testa enrugada e olhava de canto de olho para mim, como se quisesse uma explicação. Espichei a cara para ele como quem não tem a menor ideia. Entrei no banheiro e a Joana fechou a porta.

— Tudo bem? — ela disse.

— Tudo bem, Joana, e contigo?

— Tudo. Aqui tem toalhas e sabonete, pode usar meu xampu. É aquele.

— Eu sei qual é o teu xampu.

— Tá bom. Bom banho.

— Tá tudo bem mesmo?

— Tudo bem, e contigo?

— Tudo bem, Joana, mesmo. — Sorri.

— Quer que eu fique enquanto toma banho?

A Joana sempre ficava. Era a nossa regra, para evitar que eu me machucasse no banheiro, caso tivesse uma crise. Nossas conversas de banho sempre foram as mais esquisitas.

— Não precisa, mas, claro, pode ficar. Pela tradição.

Rimos desajeitadas.

— Pela tradição.

A água quente ajudou meu corpo a relaxar. Eu tinha chegado. Eu estava segura. Estava tudo bem. Tudo bem. Tudo numa boa. Apenas o barulho da água correndo. Lavando o cheiro de aeroporto. Lavando o suor da viagem. A poluição do trajeto até ali. Resquícios de qualquer angústia. Pensamentos inoportunos. Desgaste. Respirei forte.

— Que foi?

— Nada, Joana. Tô relaxando.

— Tu tá bem mesmo?

— Eu tô bem. E tu? — insisti.

— ... mais ou menos.

— Que foi?

Abri um pouco a porta do boxe e botei a cara molhada pra fora.

— Fiquei preocupada contigo, acho, mas já relaxo também.

— Não se preocupe comigo, eu estou bem. Quer tomar um banho?

— Agora?

— Depois que eu sair, né?

— Ah, tá. — Joana sentou no vaso e a tampa estalou. Desliguei o chuveiro.

— Eu tô bem, de verdade. — Sorri excessivamente.

— Tá bom. Vou deixar tu te secar.

A Joana saiu rápido do banheiro. Me sequei. Me vesti e saí

também. Joana e Mari estavam se beijando no sofá. Eu paralisei por alguns segundos. Era a primeira vez que via a Joana com alguém, era a primeira vez que via a Joana com uma mulher. Era a minha primeira vez em muitas coisas. As pernas da Mari sobre as pernas da Joana, braços entrelaçados, a mão da Mari naufragada nos cabelos da Joana. Bocas alheias e ocupadas.

Doeu.

Doeu de verdade. Pontada no fígado. Gosto amargo.

Eu não imaginava que seria assim. Nunca assim. Nunca pensei que fosse doer.

Doeu como se a náufraga fosse eu. Não. Doeu como se eu fosse o próprio naufrágio.

Submerso. Perdido numa imensidão sem pertencer de fato.

Doeu.

Doeu porque poderia ser eu mas não era. Nunca seria. Porque eu nunca tinha dito nada, sempre mantive as coisas guardadas, bem guardadas *winter came so soon like summer never happened we're players on a stage with roles already scripted* agora nada mudaria, mesmo se eu dissesse. Era tarde.

Mesmo que eu quisesse tanto. Fui lerda.

Dei dois passos para trás e fiquei na porta do banheiro. Quando a Joana percebeu que eu estava congelada naquela moldura, levantou do sofá e foi correndo para a cozinha, deixando a Mari beijar o ar por um segundo. Meus olhos estavam vermelhos. Não era choro, era a água do banho, as coisas externas.

— Alguém quer beber alguma coisa?

Eu fui até a janela e tentei disfarçar a facada que tinha recebido. Esfreguei os olhos, quase querendo empurrar o choro de volta para dentro. Eu choro demais. Eu não sei falar.

— Nanda, quer o quê?

— Cerveja.

— Me ajuda aqui.

A Mari foi até a cozinha, acho que para conferir a demora da Joana. O Davi, cada vez mais confuso, veio falar comigo *I can hear your cry out there and I can feel you close to me one day at a time inch by inch for every kiss on lovers' lips for all lost souls who can't come home.*

— E aí, gostou?

— De quê?

— De tudo. Da viagem, de estar em São Paulo, de ter decidido vir com a gente, da namorada da Joana, essas coisas.

— Sim.

— Sim?

— Ainda tô processando. É minha primeira vez, sozinha. É a minha primeira vez em muitas coisas.

— Posso falar contigo? — da porta da cozinha, a voz da Joana saiu baixinho.

Foi a vez do Davi espichar a cara pra mim. Abriu o braço dando passagem, com uma ampla mesura. Fui até a cozinha e a Joana tinha a cabeça enfiada no freezer. A Mari me olhou gentil e foi andando pra sala com duas cervejas.

Quando a Joana tirou a cabeça do freezer, tinha os olhos quentes pra mim. Me estendeu uma garrafinha. Peguei a cerveja, mas ela não soltou.

— Tá tudo bem mesmo?

— Já disse que sim. Relaxa, Joana.

— E eu e a Mari, tudo bem? Não é estranho pra ti?

Estranho? Era bem mais que estranho. Mas não do jeito que ela pensava. Era brutal. Era assistir a um filme cujo final seria terrível e desde a primeira cena já saberíamos que nada daria certo. Dei um passo na direção da Joana e a abracei.

— Tá tudo bem.

Voltei do abraço com o sorriso mais honesto que consegui pôr na boca. A Joana me olhou direta, me apertou bem contra ela toda e, daquele jeito que ela fazia, afundou a cara no meu cabelo e respirou fundo. Minha nuca, minha espinha e até a minha bunda se arrepiaram. Tentei abraçá-la de volta do mesmo jeito e soltei um gemido estranho, mistura de desejo e mal-estar. Ela voltou o rosto bem devagar, arrastando a boca na minha cara. Pude sentir seu hálito de cerveja fresca e chiclete de melancia bem perto da minha boca. Respirei Joana. Respirei Joana. Respirei Joana. Respirei Joana até ela se afastar.

Prazeres desconhecidos

Nunca na vida tinha visto tanta gente junta. Nunca estive tão cansada e animada ao mesmo tempo. Eu não me lembro do trajeto nem da ordem das coisas. Sei que já passávamos o portão de acesso e aquele mar de gente.

— Tá bem tranquilo — disse a Mari, olhando por cima dos óculos de aros dourados.

— Tá de boa — disse a Joana, sorrindo pra Mari.

E eu achando tudo o fim do mundo.

Telefones, malabares, panos, câmeras minúsculas com cabos para fazer selfie, polaroides, bolhas de sabão imensas. Pessoas que pra mim pareciam completamente bizarras e que combinavam camisa florida fechada até o pescoço, coturnos militares, jaquetas de tactel e meias de estrelinha, bermudas justas e curtas, bolsas de miçanga, maquiagem neon na cara, cílios postiços que lembravam insetos raríssimos e espetaculares, eu tinha definitivamente perdido o senso do que era moda quando vi um homem adulto, barbado, com meias do Bob Esponja, tênis cor-de-rosa e collant.

Meus olhos pousaram nas mãos de Joana e de Mari.

— Quando foi que a blusa de telinha voltou?

— Pois é, lembrei do teu vestido de formatura do segundo grau.

— Triste! — a Joana falou, rindo. — Minha vó que tinha feito.

— Tu teria te apaixonado na hora, Mari.

Sorri. Ela também.

Tudo era vivo e livre e desordenado. O Davi perguntou se eu ia beber alguma coisa e entendi de cara que seria melhor beber um pouco pra tirar aquela tensão horrível das minhas costas. Um pouco ou muito.

E pra esfumar a conversa do dia anterior. Um pouco ou muito.

O Davi voltou com os copos de cerveja, entregou um pra mim, um pra Joana e um pra Mari. Nos olhamos e brindamos, foi um daqueles momentos bonitos em que não se precisa dizer nada, e ficamos nos olhando os três, deixando a Mari meio de fora daquele brinde, éramos adultos juntos.

Que ridículo pensar isso.

Eu era uma adulta junto com meus amigos adultos. Era uma adulta, ainda que atrasada. Nunca é tarde. Será? Agora faltava morar sozinha, ter autonomia, pagar contas. Eu nunca tinha oferecido nada de dinheiro pros meus pais. Porque minha cabeça estava sempre enfiada na minha bunda e eu não podia ver nada a não ser meu interior escuro.

Fechei os olhos e respirei bem fundo, ergui a cabeça para sentir um pouquinho do vento. Foi então que passou uma turba, pulando e se pendurando uns nos outros, e o Davi e a Joana foram meio arrastados. Eu olhei para os dois lados e, em vez de ficar onde estava, em vez de fazer o lógico, continuar onde estava e olhar ao redor, eu saí caminhando o mais rápido possível para longe dali. Eu não sabia exatamente se estava fazendo de propósito ou se estava apavorada a ponto de não saber mesmo o que estava fazendo. Continuei correndo, depois caminhando, e pensei que cedo ou tarde os encontraria. Queria ficar um pouco sozinha no meio daquela gente toda, e também não queria ficar vendo a Mari e a Joana juntas e muito menos constrangidas, porque já estava ficando claro demais o nosso constrangimento. Desliguei o celular.

Era perto das oito. Eu caminhava até o palco do New Order, quando ouvi meu nome. Me virei para conferir a cara da Joana ou da Mari, mas era a Bárbara.

— E aí? Que bom te encontrar e que louco. A Flávia tá ali ó.

— Oi — demorei um segundo pra engolir a empolgação que ela me atirava —, oi. Que bom.

— Não tá muito animada, parece.

As duas sorriam de olhos apertados. Sorriam muito. Conversavam comigo com muita intimidade, e conversavam e conversavam e me tocavam nos braços com dedos finos e úmidos.

— Tá, mas então tu tá sozinha?

— Não, não é que vim sozinha. Eu perdi meus amigos.

Riram.

— Como alguém perde os amigos? Ai, tu é demais.

— Tu quer gota? — Flávia sacudiu uma garrafa plástica na minha cara.

— Sei lá, pode ser. — Jeito estranho de oferecer água, pensei.

E me passou a garrafa. Eu tava com sede mesmo. Tomei um gole.

— É ácido, tá? — E virou pra outra: — Tu tem que avisar as pessoas, amor.

— Ácido?

— Fica tranquila, tá bem diluído, vai dar só uma ondinha.

— Pra curtir.

— Ondinha.

Flávia ergueu o braço como quem segura a barra de um ônibus e começou a balançar o corpo todo. Bárbara se colocou na frente dela e balançaram juntas. Flávia mordeu o pescoço de Bárbara. E riram mais e se olharam e se beijaram. Eu fiquei olhando pra elas hipnotizada. Dobrei os joelhos e balancei um pouco. Acho que eu estava mesmo dançando. Fechei os olhos e fiquei por ali. Abri e olhei longe, o mais longe possível, espichei os olhos até o fim do mar de gente, e depois espichei mais por cima da mureta e das grades, por cima do que eu não via mais.

A Flávia acendeu um cigarro e me ofereceu.

Minha primeira viagem, minha primeira dor de cotovelo, a primeira vez que eu estava perdida com estranhas. Aparentemente, a primeira vez que tinha tomado ácido, embora nada tivesse acontecido ainda. Então, por que não?

Meu primeiro cigarro. Fumei tranquilamente, como se tivesse fumado a vida toda. E gostei. Fui soltando a fumaça devagar, brincando.

— Estamos em Saopaolo, estamos no Brasil Manchester United.

Ouvi muitas palmas ao meu redor e resolvi participar. Perdi a noção do tempo, acho, e quando vi, o show já tinha começado. Naquela hora, entendi por que eu sempre tinha gostado muito de New Order e por que as músicas deles pareciam se encaixar perfeitamente uma em cada parte da minha vida: eles eram comedidos, e eu me identificava completamente. New Order é uma banda que estourou sem um líder, sem um rosto. Uma banda que conseguiu se desenterrar do peso de uma morte. Eles refizeram o futuro. Eu também precisava de uma viagem, precisava de um novo nome, de uma nova identidade, precisava soar diferente. Sem abandonar as ondas, talvez.

"*Muchas gracias*", disse o Sumner, e todos tentaram corrigir gritando: "Obrigado". Tudo parecia gracioso, as luzes não me incomodavam, aliás, eu estava gostando das luzes. Dançantes. Balançantes. Balouçantes, pensei, e repeti muitas vezes o "lou". Elas acompanhavam o teclado da Gillian perfeitamente. Aquele teclado era a coisa mais linda que o New Order tinha, a Gillian era a melhor deles.

— *This is "Singularity" and not "Drop the Guitar"* — murmúrios distorcidos.

"Singularity" foi horrível.

O microfone falhava. Dava pra ouvir só pedaços, e foi a primeira vez que uma letra deles não fez o menor sentido para mim. Nem fez diferença. Era um arremedo de música. O Sumner parecia estar completamente desconfortável, lendo a letra. Algumas pessoas ao meu redor vaiavam, mas nada que pudesse afetar o que já estava ruim. Eu, ao contrário do show naquele momento, estava bem demais. *I'm living for today on a giant piece of dirt spinning in the universe* mas singularidade não era o que eu queria, eu queria fazer parte de tudo.

Me dei conta de que tinha uma cerveja na mão. Como aquele líquido maravilhoso tinha chegado até mim? Bebi devagar.

Bem devagar.

Lapsos.

A cerveja massageando a minha garganta como gelatina.

Gente me abraçando para cantar junto.

Mais lapsos.

Eu girei lentamente para ter a real noção de onde estava, porque me sentia bem no centro do mundo.

No centro do centro do mundo. No centro do centro de mim e do mundo no centro de mim o mundo no centro eu no centro do mundo todo em mim eu estava livre.

Sorri.

Uns braços ao redor da minha cintura.

Corpo quente pressionando minhas costas.

Uns cabelos loiros e avolumados roçando meu pescoço, o mesmo lenço verde, que emanava um perfume antigo.

Lábios finos na minha orelha.

Uma mordida molhada e doce.

— Joana?

Não podia ser. Me virei e abri a boca para uma língua fria. E lenta.

— Joana?

Mãos lentas por baixo da minha blusa. Arrepios. Ergui os braços devagar, roçando as costas das mãos no corpo. De Flávia. Umas mãos sobre as minhas, a guiar meus movimentos. Uma quentura nas costas e Bárbara mordendo minha nuca devagar. Cabeças a me transpassar, bocas impacientes procurando uma à outra. Beijavam-se ao meu lado, ao redor de mim. Em mim. As mãos de Bárbara cobrindo meus peitos, apertando meus peitos, agarrando meus peitos, arranhando. Unhas barriga abaixo. Mãos salazes salgadas encontrando minhas coxas, umidades recíprocas encontradas. Ergui os braços para tomar com as mãos a cabeça de Flávia, puxei seu rosto para perto, nossas peles contrastando sóis, abri a boca dentro dela, nossas línguas se atingindo, a língua estrangeira numa doce invasão de Bárbara. Fechei os olhos. Prazeres desconhecidos.

Ouvi todos cantando em coro *every time I see you falling I get down on my knees and pray* cantei junto, eu nunca mais tinha cantado eu *nunca* mais tinha cantado, fui abraçada de novo e tudo tomou uma velocidade cósmica.

Pulava junto com pessoas que não conhecia. Não dava para não ser. Eu era parte de tudo aquilo. Eu era parte.

Meus olhos estavam meio úmidos, mas eu não estava triste, estava contente e um pouco frustrada de ter compreendido agora tudo o que eu poderia ter feito, tudo o que eu sempre poderia ter feito. Mas nunca fiz. Foi uma espécie de iluminação. Minha vida nunca mais seria a mesma, eu pensava seriamente naquelas coisas. Ao mesmo tempo, eu tinha trinta e quatro anos. Foram trinta e quatro anos meio truncados, atrasados, arrastados, sem ritmo, sem saber de muito. Parece que perdi a festa. Tanta confusão na minha cabeça que eu quase conseguia materializá-la, conseguia sentir como se fosse um monte de papel amassado e molhado, sem utilidade. Quis vomitar. Só que uma curiosidade mórbida e certo masoquismo me impediam de jogar tudo fora. Ainda assim, eu me sentia bem, me sentia viva com meus papéis, me senti completa. Atrasada, mas completa. Lenta, mas completa. Contente. Braços presos alheios aos meus ombros. As mãos úmidas de Flávia reencontrando minhas costas. Sorrisos. Cantamos juntas. Eu era parte.

No que o show acabou, comecei a mergulhar no meu velho processo, agora descortinado e sem enfeites, de sentir pena de mim, de sentir orgulho de mim, de sentir algo em mim. Olhei para o chão. Alguém tinha perdido uma carteira de cigarros. Me agachei para pegá-la. Havia um isqueiro dentro. Eu já tinha bebido, já tinha fumado *um* cigarro, já tinha tomado ácido, já tinha beijado não uma, mas duas gurias, já tinha me sentido molhar inteira por dentro, pelo que entendi das coisas, por que não continuar? Me afastei.

Sentei numa espécie de barra de ferro e fiquei olhando o céu. Não sabia quanto tempo tinha passado. Uma vida, talvez. Perto de mim, havia uma senhora, estava com os braços cruzados como quem espera também, a esmo. Ela se aproximou de mim, pensei que fosse alguma funcionária da limpeza ou alguém da organização que me diria que eu não poderia ficar ali, afinal, estava tudo muito vazio naquelas bandas. E eu com certeza estava num local inadequado. Disse alguma coisa que não entendi.

— Quê?

— Cigarro — disse num tom afirmativo, mas com um sotaque estranho.

— Ah, sim.

Estiquei o maço e preparei o isqueiro, mas ela ergueu a mão, sacudiu a cabeça numa negativa e colocou o cigarro apagado entre os lábios. Ficou por ali, calada. Eu senti uma vontade imensa de interagir, mas não disse nada. Fiquei olhando e pensando de quem ela seria mãe ou como tinha sido a vida dela até ali, por que tinha a aparência tão cansada, por que estava sozinha no fim da festa, por que não acendeu o cigarro.

Qual era o problema dela?

Não que ela parecesse ter algum problema, mas nunca se sabe o que alguém está passando. Olhei de novo para a sua cara meio sardenta e perguntei:

— Você trabalha aqui? — O "você" saiu capenga.

Ela sorriu, me olhou por um tempo, levantou de onde estava e, chegando perto, me disse:

— Não fala português. Sorry.

— English?

— Yes. English.

Tentei lembrar de todas as aulas que tive na escola mais todas as letras de música que traduzi mais todas as pesquisas sobre epilepsia que fiz em sites gringos, e aquela pequena viagem me levou a pensar que fazia bastante tempo que não tinha crises e que a normalidade também me era estranha. Eu me sentia relaxada e feliz.

— What do you do — fiz uma pausa — here?

— I play the keyboards in a band.

— The keyboards?

— That's right. — Fez uma espécie de movimento repetitivo com os dedos, as mãos no ar na frente do corpo.

Congelei.

Minha boca estava seca e se abriu rasgando dos lados. Minha cabeça começou a ficar muito, muito leve. A mulher continuava me olhando.

— Sorry, sorry. You are Gillian... do New Order.

Ela riu.

— That is correct.

Petrifiquei.

Cuspi umas coisas sem jeito:

— I'm so fan of you. Puta que pariu, really fã, tipo I love you.

Tinha algo de muito errado no que eu tentava dizer, mas não me importei. Não me importava ser inadequada, não ali. Eu queria falar, queria dizer tanto. Dizer que aquelas músicas tinham feito parte da minha infância e adolescência, queria dizer que, em alguns momentos difíceis, eles estavam lá para me proteger; que antes da cirurgia estava ouvindo "Blue Monday"; que *Substance* era o meu álbum favorito, mas nada saiu direito. Eu falava "I love" entre os títulos de várias canções. Eu queria ter dito todas essas coisas, mas nunca fui muito empolgada. Acho que a última vez que me empolguei mesmo foi logo depois da construção da pistinha de bicicleta, a primeira volta pra valer que dei.

Depois foi sempre medo.

Retração.

Autopiedade.

— "Crystal"?

— Yes, "Crystal" and "Bizarre Love Triangle" I love so much, "Singularity" is very beautiful.

Ela entendeu minha afobação e deu uma risada de cumplicidade, de quem também gostaria de estar tendo aquela conversa numa língua comum às duas.

— Thank you.

— You like Brasil?

— Yes, very much. It's a wonderful country.

— Yes. Here is beautiful and Rio too, all the people say Rio is the best. And other places, but onde eu moro, where I live, nem tanto, not so much beautiful, not so much. I never go to Rio, mas deve ser maravilha mesmo, wonderful.

— Where do you live?

— In the South very. Campo Bom, the name.

— Ah, o.k. Do you like England?

— I never go but in the future I want to visit Manchester.

— Right. It's a good trip, a nice place to visit.

— I follow you in twitter. — Fazia anos que eu não visualizava minha conta no twitter.

— You do? Nice, I'll follow you back then. What's your user name?

— Name? I don't remember. I don't use much. Wait. Maria Fernanda, oh no, is arroba epilepsydancer underline nanda.

— Arrouba? — disse com uma boca gorda, articulando tudo em demasia.

— Do you have a pen? I don't know "arroba".

— No, but I guess my phone works.

— Can I write for you? — Fiz uma dancinha com os dedos no ar.

— Sure. Go ahead. — Ela abriu o colete e sacou o celular do bolso interno, vi o crachá, era mesmo Gillian Gilbert. Sem dúvida. Todas as letras.

— Epilepsy? Why? Are you? — E parou.

— Yes. No. In the past. I make a surgery. — Cutuquei a cabeça.

— Really. Wow. That's great, I mean. The surgery... is fantastic. Now you're fine?

— I think I'm fine. I cure. — Sorri, certa de que muito do

que dizia estava errado, mas que aquela conversa fazia todo o sentido.

— Gillian! — gritou alguém de trás de uns contêineres. — Let's move.

Eu não consegui ver quem era.

— Be good — ela me disse com a mão erguida, e me devolveu o cigarro.

— O.k. — Fiquei olhando por alguns segundos enquanto ela se afastava e então gritei: — Gillian, can you give me your... — Balancei a camiseta, pegando o tecido com os dedos em pinça. Ela não entendeu. — Your... merda! Your crachá, porra. — Balancei novamente a camiseta.

— Sorry, darling.

Ela voltou alguns passos e o cara gritou de novo. Estendeu o braço num adeus e se foi para trás dos contêineres.

— Take care.

— You too, thanks.

Saí a esmo. Tudo estava ficando meio vazio. Fui caminhando para perto de um lugar onde havia luz e certa aglomeração.

— Cadê teus amigos? — Era Bárbara.

— Não sei.

— Aff... como, não sabe? Te deixaram aqui.

— Provavelmente não, mas não tenho certeza.

— Quer vir com a gente? Dorme lá no apê. É perto de onde você tá, amanhã você encontra seus amigos. Manda uma mensagem.

— Certo.

Fui com elas. Fiquei o caminho todo calada, olhando as luzes.

— Se quiser, pode tomar um banho. Tem lençol nesse baú. Amor, vou fazer um chá, quer?

— Quero. Você quer?

— Quero.

— Falou com teus amigos?

Fiquei quieta, olhando pros meus pés. Liguei o celular e vi as chamadas, as mensagens, mas não abri. Entre os nomes de Joana e Davi, um número desconhecido.

Abri. "E aí??? Como está São Paulo??? Depois me conta! Beijos. Ps. é a Duda!"

Não respondi ninguém. Desejei que a Joana estivesse em pânico. Queria que estivesse chorando a minha perda, a perda de alguém que ela nunca teve de verdade. Sentaram as duas no chão e me estenderam a caneca de chá.

— Qual é a tua história, bi?

Fiquei um pouco confusa com a pergunta tão direta e que exigia tanto esforço de mim. Qual era a minha história? Precisava contar para entender como eu tinha chegado ali. E contei. Contei tudo. E elas perguntavam detalhes sem nenhum pudor nem rodeios. Contei do acidente, da minha vida, meus pais, contei da cirurgia, mostrei a cicatriz escondida debaixo dos cabelos escorridos, contei em quais circunstâncias tinha ido pra lá, contei da Joana, de como nós nos tratamos, das coisas que dividimos, da vez em que dormimos abraçadas, depois contei da Mari, contei que eu odiava o fato de elas estarem namorando, contei que doeu ter visto elas juntas. Contei que do Antônio eu mal lembrava, nós mal nos falávamos e não fazia a menor diferença. Contei dos remédios errados, dos certos, dos enterrados. Contei dos fones e da meditação. Contei da agente de viagens. Contei da conversa que Joana e eu tivéramos no dia anterior. Contei de como a Joana chegou perto de mim, de como a Joana me apertou com o quadril contra o azulejo úmido da cozinha e de como aquela umidade tinha entrado em mim. Contei até doer o fundo da minha língua. Contei tudo.

E amanheceu.

— Vai lá e fala tudo pra ela. Não deixa isso te sufocar.

— Não. Capaz! Vocês tão loucas. Não dá.

— Tu que tá louca.

— É, tu que tá louca.

— Devia ter falado antes. É óbvio que ela sente alguma coisa por ti.

— Não ia ficar toda constrangida, não ia te dizer as coisas que te disse daquele jeito. Please, essa história a gente conhece.

— Vai lá.

— Não.

— Bebe.

— Quê? Não.

— Pra dar coragem. Soltar.

— Mas não é questão de coragem.

— O que é então?

— Não sei. O que ela vai fazer com tudo isso?

— O que tu vai fazer com tudo isso?

— Vai logo.

— Vou?

— Vai, guria.

— Não tenho coragem.

— Vai logo.

Desci as escadas do prédio meio zonza. Elas abriram a porta e me deram um selinho cada uma. Um selinho demorado e cheio de impulso. Não sei se estava com fome ou com vontade de vomitar. Não entendia direito como minhas pernas estavam se mexendo, como o chão colava e descolava da sola dos meus tênis. Olhei para os dois lados da rua, não fazia a menor ideia de onde estava. Comecei a correr. Dobrei a esquina e achei uma padaria. Tinha uma bicicleta escorada na parede do lado de fora. Não pensei duas vezes, peguei a bicicleta e saí pedalando o mais rápido possível. Quando desapareci na esquina seguinte, pude ouvir alguém protestando: "Mulher louca! Roubou minha bike! Pilantra!". Sorri *city life is flying by the wheels are turning all the while get on board we can't be late our destination cannot wait* pedalei com mais força e olhei para meus punhos fechados, no pulso o relógio que dizia que não era tarde demais. E talvez não fosse mesmo, talvez não fosse. Talvez eu pudesse dizer pra Joana, depois que ela me xingasse porque eu tinha sumido na véspera, depois que ela dissesse que estava morrendo de medo de me perder, de preocupação, que eu estivesse morta, desmemoriada, caída em algum lugar sem saber pra onde ir, depois que ela me dissesse todas as coisas entaladas que nem ela sabia de onde vinham, depois de tudo isso, eu diria o que eu sempre tinha sentido, que não era só a epilepsia que me estremecia, que ela também, toda vez que chegava perto, quando me abraçava, quando me confessou coisas, quando dormíamos juntas, quando me olhava cúmplice, quando pegou na minha mão antes de eu entrar na cirurgia. Eu queria dizer um monte de sons sequenciados que mesmo sem palavras fizessem sentido para nós. E depois sentir a boca quente dela sobre a minha. Sem desviar como no dia anterior. Como em todos os dias.

Sem desviar.

Eu queria sentir a boca inteira da Joana dentro da minha boca. Queria sentir como era sua língua, se era fria ou quente ou mole. Eu queria as mãos da Joana no meu corpo, no meu peito, na minha barriga pra conter o medo, queria as coxas da Joana no meio das minhas coxas, esfregadas, empurradas, abertas, queria molhar a Joana com os meus líquidos, com a minha saliva, com o meu suor, minhas vontades.

Meus olhos se encheram de vento.

Eu queria rir e falar e cuspir palavras com tanta força que elas arrancariam os meus dentes ao passar. Ergui o braço para secar os olhos e a roda passou num pedaço onde o asfalto se desfazia em cascalho e piche esfarelado.

Rachaduras e elevações.

Queda.

A rua rolando no meu corpo.

Agora eu morro.

Quebro o pescoço e morro.

Eu voando em desejos.

Joana, vamos para Manchester antes que eu morra?

Um canteiro de folhagens no meio da via rolando no meu corpo.

Sem controle.

Joana, segura meu corpo arrebentado por dentro?

Volto para a rua e morro atropelada.

Eu rebrotando violenta do meio daquelas frinchas.

Agora eu morro.

Bato com as costas numa árvore, ultrapasso o canteiro e volto à rua para ralar minha cara no asfalto. Na beira do meio-fio, uma florzinha semidespetalada. Acompanho um dos ínfimos filetes brancos voando comigo, implorando por desejo alheio.

Agora eu morro.

Joana, quando eu te encontrar, eu vou tornar reais todas as vontades, todos os prazeres desconhecidos. Joana, vamos para Manchester? Vamos viver juntas?

Agora eu morro.

Será que a Eduarda sentiria a minha falta também? Sentiria muito porque não deu tempo de me conhecer melhor, tentar algo com a guria decidida, quem sabe. Arrebentada.

Soprei os dentes. Esvoaçaram.

Aposto que não morro nessa. Aposto que vivo mais. Vivo bem mais. Essa é a graça de tudo. Eu vivo mais. Mas aposto que chego no chão antes que possam pensar em me segurar. Aposto que chego a conclusões antes de me arrebentar. Aposto que chego antes de tudo isso acontecer de fato. Aposto alto. Aposto rápido no agora. Agora tudo é possível. Registre-se.

Tempo
Memória partida
O tempo lapida o corpo e a pedra
Labirintos
Minha queda será leve, o mundo me abraça
Ideia fixa: Joana
Agora tudo é possível e amoroso
Esqueço a ânsia
Tudo é absolutamente transitório
Enquanto caio
Resistência única entregue ao ar
Integrada
Cristal lapidado no tempo por condições atmosféricas com
padrões definidos
Repetem-se no espaço
Geometrias inexploradas como o nascer de uma língua
Ou sua morte
Voo
Agora tudo é possível e eu sinto dentro
Tudo
Não quero estilhaçar

— Eu quero viver — digo, ainda na aterrissagem, e as palavras arrancam pelo menos um dente.

Eu quero viver, tenho certeza *here comes love it's like honey* eu tenho certeza, *you're not alone anymore you shock me to the core* eu sei *we're like crystal we break easy* eu quero viver.